Mr Mingin

*For ma Maw Kathleen, the kindest buddie
I hae ever met.*

Mr Mingin

Mr Stink in Scots

David Walliams

Translatit by Matthew Fitt

illustratit by Quentin Blake

Itchy Coo

First published 2015 by Itchy Coo
Itchy Coo is an imprint and trade mark of James Francis
Robertson and Matthew Fitt and used under licence by
Black & White Publishing Limited

Black & White Publishing Ltd
29 Ocean Drive, Edinburgh EH6 6JL

3 5 7 9 10 8 6 4 2   15 16 17 18

Reprinted 2015

ISBN   978 1 84502 958 6

Originally published in English by HarperCollins Children's Books
under the title: MR STINK
Text © David Walliams 2010
Illustrations copyright © Quentin Blake 2010
Scots translation copyright © Matthew Fitt 2015, translated under licence
from HarperCollinsPublishers

ALBA | CHRUTHACHAIL

Typeset by RefineCatch Limited, Bungay, Suffolk
Printed and bound by Nørhaven, Denmark

1

Scart 'N' Wheech

Mr Mingin minged. He monged tae. And if it is guid Scots tae say he mingit, then he mingit as weel. He wis the mingiest mingin minger that ever lived.

Mingin is the warst kind o smell. Mingin is warse than honkin. Honkin is warse than bowfin. Bowfin is warse than a guff. And a guff can sometimes be enough tae mak yer neb curl up and dee.

It wisnae Mr Mingin's faut he wis mingin. Efter aw, he wis a tink. He didnae hae a hame sae he never had the chaunce tae hae a richt guid waash like you and me. Efter a while, the guff jist got warse and warse. Here is a pictur o Mr Mingin.

As ye can see, he's buskit up in braw claes wi his bow-tie and tweed jaiket. No bad, eh? Dinnae be glaikit. The illustration doesnae gie ye ony idea o the smell. This could easy be a scart 'n' wheech buik – ken, ye gie the page a scart and wheech, whit a guff! – but the smell wid be that honkin ye'd hae tae pit it in the bin. And then beery the bin in the groond. Deep doon unner the groond.

Yon's his wee bleck dug wi him, the Duchess. The Duchess wis nae particular breed o dug, she wis jist a dug. She wis mingin tae, but no as bad as Mr Mingin. Nothin in the warld bowfed as bad as him. Forby his baird. His baird wis hoatchin wi auld dauds o egg and sassidge and cheese that had fawn oot o his mooth in the days o auld lang syne. It had never, ever been waashed sae it had its ain special honk, even warse than his usual yin.

Yin mornin, Mr Mingin jist daunered intae the toun and taen up residence on an auld widden bench. Naebody kent whaur he'd come frae or whaur he micht be gaun. The folk in the toun were maistly guid tae him. They whiles drapped a few bawbees at his fit, afore nashin awa wi their een watterin. But naebody wis aw that *freendly* tae him. Naebody stapped for a blether.

At least, no until yon day a wee lassie finally foond the courage in her hert tae speak tae him – and yon's whaur oor story sterts.

"Hullo," said the lassie, her voice tremmlin a bittie wi nerves. The lassie wis cawed Chloe. She wis ainly twal year auld and she hadnae ever spoken tae a tink afore. Her mither had said she wisnae tae speak tae 'heidbangers'. Her mither didnae even like her dochter talkin tae the weans fae the local scheme. But Chloe didnae think Mr Mingin *wis* a heidbanger. She thocht he wis a man that looked like he had an awfie interestin story tae tell – and if there wis yin thing Chloe loved, it wis stories.

Ilka day she wid birl past him and his dug in her parents' caur on the wey tae her poash private schuil. Sun or snaw, he wis aye sittin on the same bench wi his dug at his fit. As she rested her bahookie on the saft comfy back seat aside her bizzum o a wee sister Annabelle, Chloe wid keek oot the windae at Mr Mingin and wunner aboot his life.

Millions o thochts and questions wid sweem through her heid. Wha wis he? Why did he bide on the streets? Had he ever had a hame? Whit did his dug eat? Did he hae ony freends or faimlie? If he did, did they no ken he wis hameless?

Whaur did he go at Christmas? If ye wantit tae scrieve a letter tae him, whit address wid ye pit on the envelope? 'The bench, ye ken the yin I'm on aboot – that yin roond the coarner fae the bus stoap'? When wis the last time he'd taen a bath? And wis his name *really* Mr Mingin?

Chloe wis the kind o lassie that loved tae be alane wi her thochts. She wid aften sit on her bed and mak up stories aboot Mr Mingin. Sittin on her ain in her room, she wid come up wi aw sorts o tales and whigmaleeries. Mibbe Mr Mingin wis a heroic auld tarry breeks wha had won dizzens o medals for bravery on the seeven seas, but jist couldnae haunnle life on dry land? Or mibbe he wis a warld-famous opera sangster wha yin nicht hit the tap note in an aria at the Royal Opera Hoose in London, tint his voice awthegither and couldnae ever chant again? Or mibbe he wis really a tap secret Russian agent wha had got guised up as a tink tae sleekitly spy on the folk o the toun?

Chloe didnae ken onythin aboot Mr Mingin. But whit she did ken, yon day she stapped tae talk tae him for the first time, wis that he looked like he needit the five-poond note she wis haudin *faur* mair than she did.

He seemed lanely tae, no jist alane, but lanely

in his sowel. This made Chloe feel dowie. She kent fine weel whit it wis like tae be lanely. Chloe didnae muckle like her schuil. Mither had insistit on sendin her tae a pan-loafey aw-lassies secondary schuil, and she hadnae made ony freends there. Chloe didnae like bein at hame aw that muckle either. Whaurever she wis, she had the feelin she jist didnae fit in.

Whit's mair, it wis Christmas, the time o year Chloe hatit the maist. Christmas. Awbody is meant tae love Christmas, especially the bairns. But Chloe didnae. She hatit the tinsel, she hatit the crackers, she hatit the carols, she hatit haein tae watch the Queen haiverin on the telly, she hatit the mince pies, she hatit the wey it never really snawed like it wis meant tae, she hatit sittin doon wi her faimlie tae a lang, lang denner, and maist o aw, she hatit hoo she had tae pretend she wis happy jist because it wis December 25th.

"Whit can I dae for you, young lassie?" said Mr Mingin. She didnae expect his voice tae be sae poash. As naebody had ever stapped tae talk tae him afore, he glowered suspeecious-like at this pudgie wee lassie. Chloe wis suddenly a bit feart. Mibbe talkin tae the auld tink wisnae sic a braw idea efter aw. She had been warkin up tae this moment for weeks, months even. This wisnae hoo it had played oot in her heid at aw.

Tae mak maitters warse, Chloe had tae stap breathin through her neb. The reek wis stertin tae puggle her. It wis like a livin craitur, crowlin its wey up her neb-holes and burnin the back o her thrapple.

"Eh, weel, sorry tae bother ye . . ."

"Aye?" said Mr Mingin, a wee bit impatient. Chloe wis taen aback. Why wis he in sic a hurry? He *ayewis* sat on his bench. It wisnae as if he suddenly needit tae gang somewhaur else.

Jist then the Duchess sterted bowfin at her. Chloe felt even mair frichtened. Seein this, Mr Mingin poued the Duchess's lead, that wis really jist a bit o auld rope, tae get her tae wheesht.

"Weel," Chloe cairried on nervously, "ma auntie gied me five poond tae buy masel a Christmas present. But I dinnae really need onythin sae I thocht I wid gie it tae you."

Mr Mingin smiled. Chloe smiled tae. For a moment it looked like he wis gonnae tak Chloe's siller, then he keeked doon at the groond.

"Thank ye," he said. "Undeemous kindness, but I cannae tak it. Sorry."

Chloe didnae ken whit tae think. "Why no?" she spiered.

"You're jist a bairn. Five poond? It's ower, ower generous."

"I jist thocht—"

"It's awfie kind o ye, but I cannae tak it. Tell me, hoo auld are you, young lady? Ten?"

"TWAL!" said Chloe loodly. She wis wee for her age, but liked tae think she wis grown-up in ither weys. "I'm twal. Thirteen on Januar the ninth."

"Sorry, ye're twal. Gaun on thirteen. Awa and buy yirsel yin o thae new musical stereo disco thingwies. Dinnae you fash yersel aboot an auld gaberlunzie like me." He smiled. There wis a real skinkle in his ee when he smiled.

"I dinnae mean tae be rude," said Chloe, "but can I spier ye a question?"

"Aye, coorse ye can."

"Weel, I wid love tae ken: why dae ye bide on a bench and no in a hoose like me?"

Mr Mingin shauchled his feet and looked a wee bit unsure o himsel. "It's a lang story, ma dear," he said. "Mibbe I will tell ye it anither day."

Chloe wis disappointit. Whit if there *wisnae* anither day? If her mither foond oot she'd been talkin tae this mannie, never mind tryin tae gie him siller, she wid go aff her heid.

"Weel, sorry tae bother ye," said Chloe. "Hope ye hae a braw day." As the words come oot she immediately wished she could pit them back in her mooth. Whit a glaikit thing tae say! Hoo could he possibly hae a braw day? He wis a mingin auld tink, and the sky wis gaun dreich wi muckle daurk cloods. She taen a wheen steps up the street, her cheeks bleezin reid wi embarrassment.

"Whit's that on yer back, lass?" cawed oot Mr Mingin.

"Whit's whit on ma back?" spiered Chloe, tryin tae keek ower her shooder. She raxed roond and tore a bit o paper aff her jaiket. She gawped at it.

Scrievit on the bit o paper, in muckle bleck letters, wis a singil word.

LAVVY-HEID!

Chloe felt her belly go skelly wi shame. Rosamund must hae stuck it ontae her when she left the schuil. Rosamund wis leader o the Prom Quines gang. She wis aye pickin on Chloe, snashin at her for eatin ower mony sweeties, or for bein puirer than the ither lassies, or for bein the lassie nae team ever wantit on their side at hockey. While Chloe wis leavin the schuil the day, Rosamund had clapped her on the back a wheen times, sayin "Merry Christmas", and aw the ither lassies were lauchin. Noo Chloe kent why. Mr Mingin rose shoogily fae his bench and taen the paper fae Chloe's hauns.

"I cannae believe I've been gaun aboot wi that on ma back aw efternoon," said Chloe.

Embarrassed tae feel tears jaggin her een, she looked awa, blenkin intae the sunlicht.

"Whit's adae wi ye, bairnie?" spiered Mr Mingin in a couthie voice.

Chloe peenged. "Weel," she said, "it's true, is it no? I really am a lavvy-heid."

Mr Mingin boued doon tae look at her. "Naw," he said in a strang voice this time. "Ye're no a lavvy-heid. The ainly lavvy-heid roond

here is the person that stuck it ontae ye in the first place."

Chloe tried tae believe him, but couldnae. For as lang as she could mind she had felt like a lavvy-heid. Mibbe Rosamund and the ither Prom Quines were richt.

"There's ainly yin place for this," said Mr Mingin. He screwed up the bit o paper intae a baw and, like a tap class cricketer, expertly

booled it intae the bin. Strecht awa, Chloe's imagination sterted birlin: had he no yince been captain o the England cricket team?

Mr Mingin sclaffed his hauns thegither. "Guid riddance tae bad rubbish."

"Thanks," said Chloe.

"Nae bother," said Mr Mingin. "Ye cannae let the bullies get ye doon."

"I'll try," said Chloe. "It wis guid meetin ye Mr ... um ..." she sterted tae say. Awbody cawed him Mr Mingin, but she didnae ken if he kent that. It didnae feel richt sayin it tae his fizzog.

"Mingin," he said. "They caw me Mr Mingin."

"Oh. Awfie gled tae meet ye, Mr Mingin. I'm cried Chloe."

"Hullo, Chloe," said Mr Mingin.

"Ye ken whit, Mr Mingin," said Chloe, "I

micht still go tae the shoaps. Are ye needin onythin? A bar o soap mibbe?"

"Och, thank you muckle, ma dear," he replied. "But whit wid I dae wi a bar o soap? I had a bath jist last year, ye ken. But I widnae mind some sassidges. I widna mind a muckle braw meaty sassidge . . ."

2

Staney Silence

"Mither?" said Annabelle.

Mither wis eatin. She gied her last moothfu o scran a thoosandth chaw, then swallaed it, afore replyin at lang last.

"Aye, ma wee darlin doo?"

"Chloe's jist taen yin o thae sassidges aff her plate and pit it in her poacket."

It wis Setterday nicht, and the Ploom faimlie sat at the denner table, missin *Strictly Come Dauncin* and *The X-Factor* as they ate their tea. Mither said they couldnae watch television and eat at the same time. She had decided it wis 'awfie tinkie'. Insteid the faimlie had tae sit in staney silence and eat their tea gowkin at the waws. Or Mither wid whiles think up a subject for discussion, usually whit she wid dae if she wis in chairge o the country. Yon wis her absolute tip-tap favourite. Mither had giein up runnin a beauty salon tae staund for Pairliament, and there wis nae doot in her mind that yin day she wid be Prime Meenister.

Mither had named the faimlie's white Persian bawdrins Elizabeth, efter the Queen. She wis obsessed wi Bein Poash. There wis a doonstairs cludgie that wis aye kept lockit for 'awfie important guests', as if yin o the royal faimlie wis gonnae chap the door at ony meenit and say, 'I'm needin a wee wee.' There wis a cheena tea set in the press that wis merked 'for awfie awfie important guests', and had never yince been used. Mither even skooshed air freshener in the gairden. Mither wid never go oot, and no even answer the door, unless she looked super-fantoosh, wi her pearls aroond her thrapple and her hair sterk wi enough hair-skoosh tae pit anither hole in the ozone layer. She wis that used tae turnin her neb up at awbody and awthin, it wis in danger o steyin that wey. Here's a pictur o her.

Jings, she looks gey poash, does she no?

It wisnae a surprise that Faither, or Da as he liked tae be cawed when Mither wisnae aboot, jist wantit a quiet life and didnae usually speak until spoken tae. He wis a strang muckle-boukit man, but his guidwife made him feel wee inside. Da wis ainly forty, but he wis awready gaun baldy-heidit and stertin tae go aboot like a hauf-shut knife. He warked lang oors at a caur factory on the edge o the toun.

"Did you pit a sassidge in yer poacket, Chloe?" demandit Mither.

"You're ayewis tryin tae drap me in it!" Chloe snippit.

This wis true. Annabelle wis twa year younger than Chloe, and yin o thae weans that adults think are jist perfect, but that ither weans dinnae like because they are snochterie wee sweetie-mooths. Annabelle loved drappin Chloe richt in it fae a great hicht. She wid lee on her bed in her bricht pink room up the stair and roll aroond greetin, yowlin "CHLOE, GET AFF ME! THAT'S REALLY SAIR!" even though Chloe wis quietly scrievin awa on her ain in the room nixt door. Ye *micht* caw somebody like Annabelle an evil wee bam. She wis *definately* an evil wee bam tae her aulder sister.

"Och, sorry Mither, it jist slippit aff ma plate," said Chloe guiltily. Her plan had been tae pauchle the sassidge for Mr Mingin. She had been thinkin aboot him aw evenin, imaginin him oot there chitterin in the cauld daurk December nicht as they sat scrannin their tea in their braw warm hoose.

"Weel then Chloe, tak it oot o yer poacket and pit it back on your plate," ordered Mither. "Onywey, I am bleck-affrontified that we are haein sassidges for wir tea. I gied yer faither strict instructions tae tak hissel aff tae the supermercat and purchase fower wild sea-bass fillets. And he comes hame wi a packet o sassidges. If onybody cawed roond and saw us consumin scran like this, it wid gie me a reid face. They'd think we were awfie teuchters!"

"I am sorry, ma darlin guidwife," protestit Da. "They didnae hae ony wild sea-bass fillets left." He gied Chloe the tottiest wink as he said this, confirmin her suspeecion that he had deliberately no done whit Mither had telt him. She and her Da baith loved sassidges and hunners o ither scran that Mither didnae approve o, like burgers, fish-fingirs, ginger, and especially Mr Whippy ice-cream ('the Deevil's Pokey Hat,' Mither cawed it). "I hae never eaten onythin fae a van," she wid say. "I wid raither be deid."

"Richt noo, aff yer bahookies and clear the table," said Mither when they had feenished eatin their tea. "Annabelle, ma wee angel, you cairry the dishes ben the hoose, Chloe, you can waash up and Guidman, ye can dry." When she said "aff yer bahookies", whit she really meant wis awbody's bahookie, forby hers. As the lave o the faimlie set aboot their duties, Mither streetched oot on the sofae and sterted unwrappin a wafer-thin chocolate mint. She allooed hersel yin chocolate mint a day. She nabbled it sae slowly she could mak yin mint last a haill oor.

"Somebody's chored anither yin o ma Bendicks luxury chocolate mints!" she cawed oot.

Annabelle gied Chloe an accusin look afore gaun back tae the dinin room tae bring oot mair plates. "I bet it wis you, fattygus!" she hished.

"Be guid tae yer sister, Annabelle," said Da.

Chloe felt guilty, even though it wisnae her that had been chorin her mither's chocolates.

Her Da and her taen up their usual positions at the jaw-boax.

"Chloe, why were ye tryin tae hide yin o yer sassidges?" he spiered. "If ye didnae like it, ye could hae jist telt me."

"I wisnae tryin tae hide it, Da."

"Then whit were ye daein wi it?"

Aw o a sudden Annabelle brocht in anither stack o clarty plates and the pair o them wheesht. They waitit a wee meenit until she'd gane.

"Weel, Da, ye ken that tink that aye sits on the same bench ilka—"

"Mr Mingin?"

"Aye. Weel, I thocht his dug looked hungert and I wantit tae bring her a sassidge or twa."

It wis a lee but it wisnae a muckle yin.

"Weel, I suppose there's nae herm in giein his puir dug a bit o scran," said Da. "Jist this yince though, ye unnerstaun?"

"But—"

"Jist this yince, Chloe. Or Mr Mingin will expect ye tae feed his dug ilka day. Noo, I posed anither packet o sassidges ahint the crème fraîche, whitever yon is when it's at hame. I'll cook them up for ye afore yer mither gets up the morn's mornin and ye can gie them—"

"WHIT ARE YOUS TWA SCHEMIN AT?" demandit Mither fae the front room.

"Oh, eh, we were jist talkin aboot which o the Queen's fower bairns we admire the maist," said Da. "I am pittin forrit Princess Anne as she's awfie skeelie wi the cuddies. Mind ye, Chloe is makkin a strang case for Prince Chairlie and his ootstaundin reenge o organic biscuits."

"Guid topic. Cairry on!" soonded the voice fae nixt door.

Da gied Chloe a gallus wee smile.

3

The Stravaiger

Mr Mingin ate the sassidges in an unexpectedly fantoosh wey. First he taen oot a wee linen clootie and tucked it unner his chin. Nixt he taen an antique siller knife and fork oot o his breist pooch. Finally he brocht oot a clatty gowd-rimmed cheena plate, which he gied tae the Duchess tae lick clean afore he pit the sassidges neatly doon on it.

Chloe gawped at his cutlery and plate. This looked like anither clue tae his past. Had he mibbe been a gentleman thief that creepit intae country hooses at midnicht and made aff wi the faimlie siller?

"Ye got ony mair sassidges?" spiered Mr Mingin, his mooth aye stappit fu o sassidge.

"Naw, I ainly had eicht and ye've had them aw," replied Chloe.

She stood at a safe distance fae the tink, sae her een widnae stert greetin fae the guff. The Duchess keeked up at Mr Mingin as he ate the sassidges wi a hert-brekkin look that seemed tae say that aw love and aw that wis bonnie existit inside thae tubes o meat.

"There ye go, Duchess," said Mr Mingin, flingin hauf a sassidge intae his dug's mooth. The Duchess wis that stervin she didnae even chaw; insteid she swallaed it in hauf a milli-saicont afore returnin tae her expression that said 'Gie's anither sassidge!' Did ony man or beastie ever eat a sassidge as fast as that dug? Chloe wis hauf-expectin a mannie in a smairt blazer and breeks wi a clipboard and a stapwatch tae appear and annoonce that the wee bleck dug had set a new sassidge-scrannin international warld record!

"Sae, young Chloe, is awthin awricht at hame?" spiered Mr Mingin, as he let the Duchess sook the slavers o sassidge juice aff his fingers.

"Whit?" replied a dumfoonert Chloe.

"I spiered if awthin wis awricht at hame. If things were tickety-boo, I am no sure ye wid be spendin yer Sunday bletherin tae an auld gaberlunzie like me."

"Gaberlunzie?"

"I dinnae like the word 'tink'. It aye maks me think o somebody that reeks."

Chloe tried no tae shaw her surprise. Even the Duchess looked bumbazed and she didnae speak Scots, jist Dug.

"I prefer gaberlunzie, or stravaiger," Mr Mingin cairried on.

The wey he pit it, thocht Chloe, it soonded awmaist poetic. Especially 'stravaiger'. She wid love tae be a stravaiger. She wid stravaig aw roond the warld if she could. No stey in this borin wee toun whaur nothin happent that hadna awready happent the day afore.

"There's nothin wrang at hame. Awthin's braw," said Chloe thrawnly.

"Are ye sure?" enquired Mr Mingin, wi the wiceness some folk hae that cuts richt through ye like a hoat knife through butter.

But things at hame for Chloe werenae braw at aw. She wis aften ignored. Her mither speyled Annabelle – probably because her youngest dochter wis jist a wee version o hersel. Ilka inch o ilka waw in the hoose wis comin doon wi celebrations o Annabelle's uncoontable achievements.

Photies o her staundin, fu o hersel, on winner's podiums, certificates wi her name embleezoned in italic gowd, trophies and stookie statues and medals enscrievit wi 'winner', 'first place' or 'wee bampot'. (I made that last yin up.)

The mair Annabelle achieved, the mair Chloe

felt like she wis nae use. Her parents spent maist o their lives chauffeurin Annabelle aboot tae her efter-schuil activities. Her schedule wid tire ye oot jist *lookin* at it.

Monday

5am Sweemin lesson

6am Bagpipe lesson

7am Daunce lesson, tap and contemporary jazz

8am Daunce lesson, ballet

9am tae 4pm Schuil

4pm Drama warkshoap, improvisation and movement

5pm Piana lesson

6pm Broonies

7pm Girls' Brigade

8pm Jaivelin practice

Tuesday

4am Fiddle lesson

5am Stilt-walkin practice

6am Chess Society

7am Learnin Japanese

8am Flooer-arrangin cless

9am tae 4pm Schuil

4pm Creative scrievin warkshoap

5pm Wallie puddock paintin cless

6pm Hairp practice

7pm Wattercolour paintin cless

8pm Daunce cless, bawroom

Wednesday

3am Choir practice

4am Lang-lowp trainin

5am Hie-lowp trainin

6am Mair lang-lowp trainin

7am Trombone lesson

8am Scuba-divin

9am tae 4pm Schuil

4pm Chef trainin

5pm Moontain climbin

6pm Tennis

7pm Drama warkshoap, Shakespeare and his contemporaries

8pm Show lowpin

Thursday

2am Learnin Arabic

3am Daunce lesson, brek-daunce, hip-hop, krumpin

4am Oboe lesson

5am Tour de France cycle trainin

6am Bible studies

7am Gymnastics trainin

8am Calligraphy cless

9am tae 4pm Schuil

4pm Wark experience shadowin a brain surgeon

5pm Opera chantin lesson

6pm NASA space-nebbin warkshoap

7pm Cake baikin cless, level 5

8pm Attend lecture on 'A History o Victorian Moustaches'

Friday

1am Triangle lesson, grade 5

2am Badminton

3am Airchery

4am Flee tae Switzerland for ski-lowpin practice.

Learn aboot eggs fae a expert on eggs (TBC) on ootboond flicht.

6am Dae quick ski-lowp, and then lowp aboard inboond flicht. Tak pottery cless on flicht.

8am Thai kick-boaxin (mind tae tak skis aff afore cless).

9am tae 4pm Schuil

4pm Channel sweemin trainin

5pm Motorbike maintenance warkshoap

6pm Caunnle makkin

7pm Otter rearin cless

8pm Television viewin. A choice atween either a documentary aboot cairpet manufacturin in Belgium or a Polish cartoon fae the 1920s aboot a doon-in-the-dumps hoolet.

And that wis jist through the week. The weekends wis when things got *gey* busy for Annabelle. Nae wunner Chloe felt ignored.

"Weel, I suppose things at hame are . . . are . . ." Chloe stootered. She wantit tae talk tae him aboot it aw, but she wisnae sure hoo.

Ding! Ding! Ding! Ding!

Naw, I'm no gaun gyte, readers. Yon wis meant tae be the kirk nock chappin fower o'clock.

Chloe gowped and keeked at her watch. Fower o'clock! Mither made her dae her hamework fae fower until sax ilka day, even in the schuil holidays when she didnae hae ony.

"Sorry Mr Mingin, I hae tae go," she said. Secretly Chloe wis gled. Naebody had ever spiered her hoo she felt afore, and she wis stertin tae panic . . .

"Dae ye really hae tae go, lass?" said the auld man, lookin doonhertit.

"Aye, aye, I hae tae get hame. Mither will be bealin if I dinnae get at least a C in Maths nixt term. She gies me extra tests durin the holidays."

"That doesnae soond like a holiday tae me," said Mr Mingin.

Chloe shrugged her shooders. "Mither doesnae believe in holidays." She stood up. "I hope ye liked the sassidges," she said.

"They were magic," said Mr Mingin. "Thank you. Undeemous kindness!"

Chloe noddit and turnt tae run aff towards her hoose. If she taen a short-cut through the backies, she'd be hame afore Mither.

"Fareweel!" Mr Mingin cawed efter her saftly.

4

Mince

Feart o bein late for hamework oor, Chloe sterted tae gang faster. She didnae want her mither nebbin at her wi questions aboot whaur she'd been or wha she'd been talkin tae. Mrs Ploom wid be bleck-affrontified if she foond oot her dochter had been sittin on a bench wi somebody she wid describe as a 'soap-jouker'. Grown-ups ayewis hae a wey o speylin awthin.

Chloe stapped hurryin, though, when she realised she wis aboot tae gang past Raj's shoap. *Jist the yin chocolate bar*, she thocht.

Chloe's love o chocolate made her yin o Raj's

best customers. Raj ran the local newsagent's shoap. He wis a muckle big joco jeelie o a man, as sweet and colourfu as his slichtly ower-priced sweeties. The day, though, whit Chloe really needit wis advice.

And mibbe some chocolate. Jist yin bar, mind. Mibbe twa.

"Haw, Miss Chloe!" said Raj, as she cam in the shoap. "Whit can I tempt ye wi the day?"

"Hullo, Raj," said Chloe smilin. She aye smiled when she saw Raj. It wis pairtly because he wis sic a braw mannie, and pairtly because he selt sweeties.

"I hae some Rolos on special offer!" annoonced Raj. "They're oot o date and haurd as stane. Ye micht loss some o yer wallies when ye chaw intae them, but at 10p aff ye cannae whack it!"

"Mmm, let me think aboot it," said Chloe scoorin the raws and raws o confectionery.

"I had hauf a Lion bar earlier on, whit'll ye gie me for the ither hauf? I'll tak onythin upwards o 15p."

"I think I'll jist tak a Crunchie, thanks Raj."

"Buy seeven Crunchie bars and I'll gie an eichth Crunchie bar for free!"

"Nae thanks, Raj. I jist want yin." She pit the siller doon on the coonter. 35p. Siller weel spent considerin the braw feelin the chocolate wid gie her as it slippit doon her thrapple and intae her belly.

"But Chloe, dae ye no unnerstaun? This is a yince-in-yer-puff opportunity tae enjoy the popular chocolate-smooried hinniecomb bar at an eediotic price!"

"I dinnae need eicht Crunchies, Raj," said Chloe. "Can ye gie me some advice insteid?"

"Ye're jokin. I'm no responsible enough tae

gie oot advice," replied Raj wioot a hint o irony. "But I'll gie it a go."

Chloe loved gabbin tae Raj. He wisnae a parent or a dominie, and whitever ye said tae him, he widnae ever judge ye. Hooever, Chloe still gowped, because she wis aboot tae try tae tell anither wee lee. "Weel, there's this lassie I ken at the schuil . . ." she began.

"Aye? A lassie at the schuil. No you?"

"Naw, no me. Some ither lassie."

"Richt," said Raj.

Chloe gowped again and keeked doon, no able tae look him in the ee. "Weel, this freend o mine, she's sterted talkin tae a tink, and she really likes talkin tae him, but her mither wid dae her nut if she foond oot, sae I – I mean, ma freend – doesnae ken whit tae dae."

Raj keeked at Chloe expectantly. "Aye?" he said. "And whit's yer question, hen?"

"Weel, Raj," said Chloe. "Dae ye think it's wrang tae talk tae tinks?"

"Weel, it's nae guid tae talk tae streengers," said Raj. "And ye should never let onybody gie ye a lift in a caur!"

"Richt," said Chloe, dooncast.

"But a tink is jist somebody wioot a hame," Raj cairried on. "Ower mony folk walk by them and pretend they arenae there."

"Aye!" said Chloe. "Yon's whit I think as weel."

Raj smiled. "Ony o us could become hameless yin day. I can see nothin wrang wi talkin tae a tink, jist like ye wid tae onybody else."

"Thanks Raj, I will . . . I mean, I'll tell her. This lassie at the schuil, I mean."

"Whit's this lassie cawed?"

"Ummm . . . Stephen! I mean Susan . . . naw, Sarah. She's cawed Sarah, definately Sarah."

"Is it no you, Chloe?" said Raj smilin.

"Aye, it's me," Chloe awned up efter a milli-saicont.

"You are an awfie guid lassie, Chloe. It's braw ye wid tak the time tae talk tae a tink. There but for the grace o Gode gang you and I."

"Thanks, Raj." Chloe turnt reid, embarrassed by his compliment.

"Noo whit can ye buy yer hameless freend for Christmas?" said Raj as he scoored aroond his midden o a shoap. "I hae a boax fu o Teenage Mutant Ninja Torties stationery sets I cannae seem tae shift. Aw yours for ainly £3.99. In fact, buy yin set, get ten free."

"I'm no sure a tink wid be needin a Teenage Mutant Ninja Torties stationery set, thanks onywey Raj."

"We aw need a Teenage Mutant Ninja Torties stationery set, Chloe. Ye hae yer Teenage Mutant

Ninja Torties pincil, yer Teenage Mutant Ninja Torties rubber, yer Teenage Mutant Ninja Torties ruler, yer Teenage Mutant Ninja Torties pincil case, yer Teenage Mutant—"

"I get the idea, thanks, Raj, but I'm sorry, I'm no gonnae buy yin. I hae tae go," said Chloe, edgin oot o the shoap as she slippit the wrapper aff her Crunchie.

"I've no feenished, Chloe. Please, I've no selt even wan! Ye hae yer Teenage Mutant Ninja Torties pincil shairpener, yer Teenage Mutant Ninja Torties jotter, yer Teenage Mutant ... och, she's awa."

"And whit's this, young lady?" demandit Mither. She wis staundin waitin in Chloe's room. Atween her thoom and index fingir wis yin o Chloe's jotters fae the schuil. Mither held it up for aw tae see as if it wis an exhibit in a coort case.

"It's jist ma maths jotter, Mither," said Chloe, gowpin as she edged intae the room.

Ye micht think Chloe wis worrit because her maths wark wisnae verra guid. But that wisnae it. The problem wis, Chloe's maths jotter didnae hae ony maths in it at aw! The jotter wis meant tae be fu o borin nummers and equations, but insteid it wis totally hoatchin wi colourfu words and picturs.

Spendin aw that time alane had turnt Chloe's imagination intae a deep daurk widd. It wis a magic place tae escape tae, and faur mair excitin than real life. Chloe had used the jotter tae scrieve a story aboot a lassie wha is sent tae a schuil (based mair or less on her ain schuil) whaur aw the dominies are secretly vampires. She thocht it wis much mair excitin than foostie equations, but Mither clearly didnae agree.

"If this is yer mathematics jotter, why's it got this daft ugsome horror story in it?" said Mither. This wis yin o thae questions when ye're no supposed tae answer it. "Nae wunner ye did sae badly in yer mathematics exam. Nae doot ye've been spendin yer time in cless scrievin this . . . this *mince.* I am sae disappointit in you, Chloe."

Chloe felt her cheeks bleezin wi shame and hung her heid. She didnae think her story wis mince. But she couldnae imagine tellin her Mither that.

"Dae ye no hae onythin tae say for yirsel?" shoutit Mither.

Chloe shook her heid. For the saicont time in yin day she jist wantit tae disappear.

"Weel, this is whit I think o yer story," said Mither, as she sterted tryin tae rive the jotter in twae.

"P-p-please . . . dinnae . . ." stootered Chloe.

"Naw, naw, naw! I'm no peyin yer schuil fees for ye tae waste yer time on this haivers! It's gaun in the bin!"

The jotter wis obviously made o sterker stuff than Mither had thocht, and it taen her a guid few rugs tae mak the first teer. Hooever, soon the jotter wis nae mair than a haunfu o confetti.

Chloe boued her heid, tears nippin her een, as her mither drapped aw the wee bitties in the bin.

"Dae you want tae end up like yer faither? Warkin in the caur factory? If ye concentrate on yer maths and dinnae bother wi glaikit stories, ye hae a chaunce o makkin somethin o yersel! Itherwise ye'll end up wastin yer life, like yer faither. Is that whit ye want?"

"Weel, I—"

"Dinnae you daur interrupt me!" shoutit Mither. Chloe hadnae realised yon wis anither yin o thae questions when ye've tae jist wheesht and no even think aboot giein an answer. "Ye'd better smairten up yer ideas, young lady!"

Chloe wisnae awfie sure whit that meant, but it didnae seem like the best time tae spier. Mither left the room, graundly doofin the door ahint her shut. Chloe sat doon on the edge o her bed. As she beeried her fizzog in her hauns, she thocht o Mr Mingin, settin on his bench wi ainly the Duchess tae keep him company. She wisnae hameless like him, but she *felt* hameless in her hert.

5

Time tae Shoot the Craw!

Monday mornin. The first proper day o the Christmas holidays. A day Chloe had been dreidin. She didnae hae ony freends she could text or email or SMS or Facebook or Twitter or whitever, but there wis *yin* person she wantit tae see . . .

By the time Chloe got tae the bench it wis poorin rain, and she wished she'd at least stapped tae tak her umberellae.

"The Duchess and I werenae expectin tae see ye again, Chloe," said Mr Mingin. His een skinkled at the surprise, in spite o the rain.

"I'm awfie sorry I ran awa like that," said Chloe.

"Dinnae fash, I forgie ye," he keckled.

Chloe sat doon nixt tae him. She gied the Duchess a clap, and then noticed that the loof o her haun wis bleck. She gied it a sleekit dicht on her breeks. Then she chittered as a raindrap ran doon the back o her craigie.

"Och naw, ye're cauld!" said Mr Mingin. "Let's get oot o the rain and gan intae yin o thae coffee shoap placies."

"Eh . . . aye, guid idea," said Chloe, no sure if takkin somebody as mingin as him intae an enclosed space really *wis* a guid idea. As they walked intae the toun centre, the rain felt icy-cauld, jist aboot turnin tae rattlestanes.

When they got tae the coffee shoap, Chloe keeked through the steamed-up gless windae. "I doot there's nae seats left," she said.

Unfortunately, the coffee shoap wis hoatchin wi Christmas shoappers, aw tryin tae stey oot o the snell Scottish weather.

"We'll jist hae tae try," said Mr Mingin, pickin up the Duchess and tryin tae pose her unner his tweed jaiket.

The tink opened the door for Chloe and she squeezed hersel ben. As Mr Mingin gaed in, the bonnie aroma o fresh-brewed coffee boltit. His ain special reek replaced it. There wis silence for a meenit. Then it wis jist pure murder polis.

Folk sterted runnin tae the door, haudin serviettes tae their mooths as makshift gas masks.

"Time tae shoot the craw!" skraiched yin o the staff, and his neebors stapped makkin coffees and pittin buns in pokes and ran for their lifes.

"It seems tae be clearin oot a wee bittie," annoonced Mr Mingin.

Soon they were the ainly folk left in the haill shoap. *Mibbe honkin as bad as this has its advantages*, thocht Chloe. If Mr Mingin's super-guff could clear oot a coffee shoap, whit else could it dae? Mibbe he could clear the local ice rink o skaters sae she could hae it aw tae hersel? Or they could gang tae Alton Touers thegither and no hae tae queue for a singil ride? Better yet, she could tak him and his guff intae the schuil yin day, and if he wis particulary howlin the heidmistress wid hae tae send awbody hame and she could hae the day aff!

"You tak a seat here, lass," said Mr Mingin. "Noo, whit dae ye want tae drink?"

"Eh . . . a cappucino, please," replied Chloe, tryin tae soond grown-up.

"I think I'll hae yin and aw." Mr Mingin shauchled ahint the coonter and sterted openin tins. "Richt, twa cappucinos comin up."

The machines hished and grogged for a few meenits, and then Mr Mingin daunered back ower tae the table wi twa mugs o a daurk liquid as yet unkent tae man or baist. Chloe taen a closer keek. It looked like bleck creesh, but Chloe wis ower weel brocht up tae girn aboot it and pretendit tae sook whitever it wis he had concoctit for her. She even managed a near convincin, "Mmm . . . braw!"

Mr Mingin steered his solid liquid wi a dainty wee siller spuin he'd poued oot fae his breist poacket. Chloe keeked at it and noticed it wis monogrammed, wi three wee letters delicately enscrievit on the haunnle. She tried tae get a better look, but he pit it awa afore she could richt see whit the letters were. Whit could they mean? Or wis this jist anither bit o treisure Mr Mingin had chored on the joab as a gentleman thief?

"Sae, Miss Chloe," said Mr Mingin, cowpin her train o thocht. "It's the Christmas holidays, is it no?" He taen a sook o coffee, haudin his mug perjinkly atween his fingirs. "Why are you no at hame pittin decorations on the tree wi yer faimlie or wrappin up gifties?"

"Weel, I dinnae ken hoo tae explain ..." Naebody in Chloe's faimlie wis guid at expressin their feelins. Tae her Mither, feelins were at best an embarrassment, at warst a sign o weakness.

"Jist tak yer time, young lady."

Chloe taen a deep braith and it aw cam poorin oot. Whit sterted aff as a burn soon turnt intae a rushin river o emotion. She telt him hoo her parents argied maist o the time and hoo yince she wis sittin on the stairs when she heard her Mither shout, "Ye ken I'm ainly steyin wi ye because o the girls!"

Hoo her wee sister made her life a misery. Hoo nothin she did wis ever guid enough. Hoo if she brocht hame some wee bool she had made in pottery cless her Mither wid pit it tae the back o the cupboard, never tae be seen again. But if her wee sister brocht ony piece o airtwork hame, nae maitter hoo rotten it wis, it aye got pit up abuin the mantelpiece ahint bullit-proof gless as if it wis the *Mona Lisa*.

Chloe telt Mr Mingin aboot hoo her mither wis ayewis tryin tae mak her loss wecht. Up until recently, Mither had described her as "roond". But yince she turnt twal, Mither raither cruelly sterted cawin her a "fattygus" or even warse a "hoose end", as if she wis some sort o buildin. Mibbe Mither wis tryin tae shame her intae lossin wecht. In truth, it ainly made Chloe mair meeserable, and bein meeserable ainly made her eat mair. Fillin her gub wi chocolate, crisps and cake felt like gettin a much-needit coorie in.

She telt Mr Mingin hoo she wished whiles her Da wid staund up tae her mither. Hoo she didnae find it easy tae mak freends, as she wis sae blate hersel. Hoo she ainly really liked makkin up stories, but that it made her mither crabbit.

And hoo Rosamund did awthin in her pouer tae mak Chloe's life at the schuil an absolute nichtmare.

It wis a lang, lang leet, but Mr Mingin listened tae ilka word she said as booncie Christmas sangs played by theirsels in the backgroond. For somebody that spent ilka day wi ainly a wee bleck dug for company, he wis surprisinly fu o wisdom. In fact, he seemed tae lap up the opportunity tae listen and talk and help. Folk didnae really stap tae talk tae Mr Mingin – and he seemed gled tae be haein a real conversation for yince.

He telt Chloe, "Tell yer Mither hoo ye feel, I am sure she loves ye and wid hate ye tae no be happy." And, ". . . try and find somethin fun ye can dae wi yer sister." And, ". . . why no talk tae yer da aboot the wey ye feel?"

Efter aw that, Chloe telt Mr Mingin aboot

hoo Mither had rived her vampire story tae bits. She had tae try gey haurd no tae greet.

"That's awfie, lassie," said Mr Mingin. "Ye must hae been hert-broken."

"I hate her," said Chloe. "I hate ma mither."

"Och, dinnae say that," said Mr Mingin.

"But I dae."

"Ye're awfie angry at her, coorse ye are, but she loves ye, even if she finds it haurd tae shaw it."

"Mibbe." Chloe shrugged her shooders, no convinced. But haein talked aboot awthin she felt a wee bit calmer noo. "Thank you awfie muckle for listenin tae me," she said.

"I jist hate tae see a young lassie like you lookin sae dowie," said Mr Mingin. "I micht be auld, but I can mind whit it wis like tae be young. I jist hope I wis a wee bit o help."

"You were a muckle bit o help."

Mr Mingin smiled, afore lettin the last moothfu o his volcanic bree slidder doon his thrapple. "Braw! Noo, we'd better lea some siller for oor beverages." He howked aroond in his poackets for some chynge. "Ach, mince, I cannae read the board wioot ma glesses. I'll lea six pence. Yon should be enough. And a tuppeny tip. They'll be gled o that. They can treat theirsels tae yin o thae new-fankelt video cassette thingwies. Richt, I doot ye'd better be heidin hame noo, young lady."

The rain had stapped when they come oot the coffee shoap. They daunered doon the road as caurs wheeched past.

"Let's chynge places," said Mr Mingin.

"Hoo come?"

"Because a lady should aye walk on the inside o the pavement and a mannie on the ootside."

"Really?" said Chloe. "Hoo come?"

"Weel," replied Mr Mingin," the ootside is mair dangerous because yon's whaur the caurs are. But I believe that it wis originally because in the auld days folk used tae fling the contents o their chanties oot the windae and intae the sheuch. The person on the ootside wis mair likely tae get cakit."

"Whit's a chanty?" said Chloe.

"Weel I dinnae want tae be vulgar, but it's a portable cludgie, somethin like a wean's potty."

"Yuch, yon's bowfin. Did folk dae that when you were a laddie?"

Mr Mingin keckled. "Naw, yon wis afore ma time, bairn. Hunners o years ago in the sixteenth century. Noo, Miss Chloe, etiquette demands that we chynge places."

His auld-warld gallantry wis sae chairmin it made Chloe smile, and they chynged places.

They daunered side by side, passin high-street

shoap efter high-street shoap, aw yowlin that Christmas wis comin looder than the nixt. Efter a few meenits Chloe saw Rosamund walkin towards them wi a smaw flotilla o shoappin pokes.

"Can we cross the road, please? Quickly," whuspered Chloe anxious-like.

"Hoo, bairn? Whit's wrang?"

"It's that lassie fae the schuil I wis tellin ye aboot, Rosamund."

"The yin that stuck yon sign on yer back?"

"Aye, that's her."

"Ye need tae staund up tae her," pronoonced Mr Mingin. "She should be the yin that crosses the road."

"Naw ... please dinnae say onythin," wheedled Chloe.

"Wha's this? Yer new boyfreend?" lauched Rosamund. It wisnae a real lauch, like folk dae when they find somethin funny. That's a bonnie soond. This wis a cruel lauch. A hackit soond.

Chloe didnae say onythin, jist looked doon.

"Ma faither gied me five hunner poond tae buy masel whitever I want for ma Christmas," said Rosamund. "I blew the loat at Tapshoap. Shame you're ower fat tae get intae ony o their claes."

Chloe jist seched. She wis used tae bein flyted like this by Rosamund.

"Why are ye lettin her talk tae ye that wey?" said Mr Mingin.

"Whit's it got tae dae wi you, auld yin?" snashed Rosamund. "Hingin aboot wi mingin auld tinks noo, are ye Chloe? You *are* tragic! Hoo lang did it tak ye tae find that sign on yer back then?"

"She didnae find it," said Mr Mingin, canny and deliberate. "I foond it. And I didnae find it amusin."

"Did ye no?" said Rosamund. "Aw the ither lassies foond it awfie funny!"

"Weel, then they're as glaikit as you," said Mr Mingin.

"*Whit?*" said Rosamund. Naebody ever talked tae her like that.

"I said 'then they're as glaikit as you'," he repeatit, even looder this time. "*You* are a hackit glaikit wee bully." Chloe looked on aw nervous. She hatit confrontation.

Tae mak maitters warse, Rosamund taen a step forrit and stood neb tae neb wi Mr Mingin. "Say that tae ma face, ye auld minger!"

For a meenit Mr Mingin wis silent. Then he opened his mooth and let oot the deepest daurkest clartiest boak.

"BBBBBBBBBBBBBBBBBB BBBBBBBBBBBBBBBBBBB BBBBBBBBBBBBBBBBBBB BBBBBBOOOOOOOO OOOOOOOOOOOOO

OOOOOOOOOOOOOO
OOOOOOOOOOOOOA
AAAAAAAAAAAAAA
AAAAAAAAAAAAAA
AAAAAAAAAAAAAA
AAAAAAAAAAAAAA
KKKKKKKKKKKKKK
KKKKKKKKKKKKKK
KKKKKKKKKKKKKK
KKKKKKKKKKKKK!!
!!!!!!!!!!!!!!!!!!!!!!!!!!!!!!!
!!!!!!!!!!!!!!!!!!!!!!!!!!!!!
!!!!!!!!!!!!!!!!!!"

Rosamund's fizzog turnt aw green. It wis as if she wis surroondit by a tornado o pure honk. It wis the reek o coffee and sassidges and foostie vegetables raked oot o bins aw rolled intae yin. Rosamund turnt and ran, birlin doon the high street in sic a panic that she drapped her Tapshoap pokes on the wey.

"That wis sae funny!" lauched Chloe.

"I didnae mean tae boak. Maist impoleet. It wis jist that coffee comin back on us. Dearie me! Noo nixt time I want tae see you staund up for yersel, Miss Chloe. A bully can ainly mak ye feel bad aboot yersel if ye *let* them."

"OK . . . I'll try," said Chloe. "Sae . . . see ye the morra?"

"If ye really want tae," he replied.

"I wid love tae."

"And I wid love tae and aw!" he said, his een skinklin and skinklin as the last gowden lowe o sunlicht jagged like a skelf through the sky.

At that meenit a 4x4 thunnered past. Its giant tyres skelped through a muckle dub aside the bus stap, flingin up a wave that drookit Mr Mingin fae clarty heid tae clarty tae.

Watter dreepin fae his glesses, he gied Chloe a wee bow. "And that," he said, "is hoo a mannie ayewis walks on the ootside."

"Guid joab it wisnae a chanty!" keckled Chloe.

6

Soap-Joukers

The nixt mornin Chloe poued open her curtains. Whit wey wis there a muckle great 'O' and a muckle great 'V' stuck tae her windae? She gaed ootside in her dressin goun tae hae a look.

'VOTE PLOOM!' wis spelled oot in muckle great letters across the windaes o the hoose. Elizabeth the bawdrins cam oot wi a rosette embleezoned wi the words 'Ploom for MP' attached tae her jewel-encrustit collar.

Then Annabelle cam skippin oot the hoose wi an air o self-congratulory joy that wis instantly boakworthy.

"Whaur are ye gaun?" spiered Chloe.

"As her favourite dochter, Mither has entrustit *me* wi the responsibility o pittin these leaflets through ilka door in the street. She's staundin tae be a Memmer o Parliament, ken?

"Gie's a look at that," said Chloe raxin oot tae tak yin o the leaflets. The twa battlin sisters had lang syne stapped sayin 'please' and 'thank you awfie muckle'.

Annabelle taen it back. "I'm no wastin yin on you!" she snirled.

"Gie's a look!" Chloe poued the leaflet oot o Annabelle's haun. It wis guid sometimes bein the aulder sister; whiles ye could jist use brute force. Annabelle gaed aff in the huff wi the lave o the leaflets. Chloe walked back intae the hoose studyin it, her baffies aw weet fae the dew. Mither wis aye gaun on and on aboot hoo she should run the country, but Chloe foond the subject sae dreich and doitit that her imagination wid lowp awa intae la-la laund whenever the subject cam up.

On the front o the leaflet wis a photie o Mither lookin awfie serious, wi her brawest pearlies roond her thrapple, her hair sae waxy wi spray that it wid turn intae a firebaw if ye pit a lit match tae it. Inside wis a lang leet o her policies.

1) A curfew tae be introduced tae mak sure aw bairns unner 30 are no allooed oot efter 8pm and are preferably in their beds wi the lichts oot by 9pm.

2) The polis tae be gien new pouers tae arrest folk for talkin ower lood in public.

3) Middens that drap litter and chuck bruck tae be deportit.

4) The wearin o leggins tae be ootlawed in public places, as they are 'awfie tinkie'.

5) The national anthem tae be played in the toun square ilka oor on the oor. Awbody maun staund up for it. Bein in a wheelchair is nae excuse for no peyin yer respects tae Her Mejesty.

6) Aw dugs tae be kept on leads at aw times. Even ben the hoose.

7) Verruca soacks tae be worn by awbody at the local sweemin baths whither they hae a verruca or no. This should cut doon the chaunce o verruca infection tae ablow zero.

8) The Christmas pantomime is tae be stapped due tae the consistent rochness o the humour (jokes aboot bahookies, for example. There is nothin funny aboot a bahookie. We aw hae a bahookie and we aw ken fine weel whit comes oot o a bahookie and whit soond a bahookie can mak aw by itsel).

9) Gaun tae the kirk on Sunday mornin tae be compulsory. And when ye dae go ye hae tae

chant the hymns richt, no jist open and shut yer mooth when the organ plays.

10) Mobile telephonic devices tae hae ainly classical music ringtones fae noo on, like Mozart or Beethoven or yin o the ither yins, no the latest pop sangs fae the hit parade.

11) Unemployed folk no tae be allooed tae claim ony mair benefit. Dole minks ainly hae theirsels tae blame and are jist bane idle. Why should we pey them tae sit at hame watchin or appearin on *The Jeremy Kyle Show*?

12) Giant bronze stookies o royals Prince Edward and his bonnie wife Sophie, Coontess o Wessex, tae be pit up in the local park.

13) Tattoos on onybody (forby veesitin

sailors) tae be banned. Tattoos can be drapped aff anonymously at polis stations wioot prosecution.

14) Fast food burger restaurants tae bring in ashets, cutlery and table service. And stap servin burgers. And chips. And nuggets. And thae aipples pies that are that hoat in the middle they jist aboot burn yer mooth aff.

15) The local library tae stock ainly the warks o Beatrix Potter. Apairt fae *The Tale o Mr Jeremy Fisher*, as the bittie when the puddock, Mr Fisher, is swallaed by a troot is faur ower violent even for adults.

16) Fitba gemmes in the local park cause unnecessary stooshies. Fae noo on ainly imaginary baws tae be used.

17) Ainly nice films tae be offered for rental in Blockbuster. That is tae say films aboot poash folk fae the aulden days wha are ower blate even tae haud hauns.

18) Tae combat the growin problem o 'hoodies' aw taps wi hoods tae hae the hoods cut aff them.

19) Video gemmes turn folk's brains intae cockaleekie soup. Ony video gemmes (or computer gemmes or console gemmes or whitever the stupit things are cawed) tae be played ainly atween 4pm and 4:01pm daily.

20) Finally, aw hameless people, or 'soap-joukers', are tae be banned fae oor streets. They are a menace tae oor society. And, mair importantly, they pure honk.

Chloe cowped ontae the sofae when she read thae last sentences. There wis a lood squaik as she did sae. Mither had insistit on keepin on the plastic covers the sofae and the airmchair had arrived in, in order tae keep them in guid condeetion. They were aye in guid condeetion, but it meant yer bahookie got awfie hoat and switey.

Whit aboot ma new freend Mr Mingin? Chloe thocht. *Whit's gonnae happen tae him? And whit aboot the Duchess? If he's banned fae the streets whaur, in the name o the wee man, is he meant tae go?*

And then, a meenit efter, *Jings, ma bahookie's gettin awfie hoat and switey.*

She shauchled her wey dowiely back upstairs tae her room. Sittin on the bed, she gowked oot the windae. Because she wis blate and haunless, Chloe didnae easy mak new freends. Noo her newest freend Mr Mingin wis gonnae hae tae get oot o toun. Mibbe forever. She gawped oot through the gless at the deep blue enless air. Then, jist afore her een loast focus in the infinite sky o nothin, she looked doon. The answer wis at the end o the gairden gawpin back at her.

The shed.

7

A Bucket in the Coarner

This operation had tae be tip-tap secret. Chloe waitit until it wis daurk, and then led Mr Mingin and the Duchess silently doon her street, afore slippin through the side yett tae her gairden.

"It's jist a shed . . ." said Chloe apologetically as they gaed intae his new hoose. "I'm sorry there's nae ensuite bathroom, but there is a bucket in the coarner there jist ahint the lawnmower. Ye can use that if ye need tae go in the nicht . . ."

"Weel, this is undeemously kind, young Miss Chloe, thank you," said Mr Mingin, wi a muckle grin. Even the Duchess seemed tae bowf 'thank you' or at least 'cheers'. "Noo," Mr Mingin cairried on, "are ye sure yer mither and faither dinnae mind me bein here? I wid hate tae be an unweelcome guest."

Chloe gowped, nervous aboot the lee that wis aboot tae cam oot o her mooth. "Naw . . . naw . . . they dinnae mind at aw. They're baith jist gey busy folk and they apologise that they werenae able tae be here richt noo tae meet ye in person."

Chloe had picked a guid time tae settle Mr Mingin in. She kent Mither wis oot campaignin for the election, and Dad wis pickin up Annabelle efter her sumo-warslin cless.

"Weel I wid love tae meet them baith," said Mr Mingin, "and see whit folk turnt oot sic a wunnerfu generous and thochtfu dochter. This will be faur warmer than ma bench."

Chloe smiled blately at the compliment. "Sorry aboot aw these auld cairdboard boaxes in here," she said. She sterted tae move them oot the road, tae gie him space tae lee doon. Mr Mingin gied her a haun, humpfin some o the boaxes on tap o the ithers. When she got tae the bottom boax, Chloe stapped. Stickin oot o the tap wis a hauf-brunt electric guitar. She examined it for a meenit, puggled by whit she'd jist foond, then raiked through the boax and howked oot a pile o auld CDs. They were aw the same, hunners and hunners o an album cawed *Hell for Leather* by The Serpents o Deeth.

"Hiv ye ever heard o this band?" she spiered.

"I dinnae ken ony music past 1958."

Chloe studied the pictur on the cover for a

meenit. Super-imposit in front o a drawin o a muckle snake stood fower lang-haired leather-jaiketed types. Chloe's een gaed strecht tae the guitar player, wha looked *awfie* like her faither, ainly wi a tousie heid o curly bleck hair.

"I dinnae believe it!" said Chloe. "That's ma da."

She hadnae had ony idea her Da had ever had a perm, never mind been in a rock band! She didnae ken which wis mair shoackin – the idea o him no bein bald, or the idea o him playin electric guitar.

"Are ye sure aboot that?" Mr Mingin said.

"I think sae," said Chloe. "It looks awfie like him onywey." She wis aye studyin the album cover wi a curious mixter-maxter o pride and embarrassment.

"Weel, we aw hae oor secrets, Miss Chloe.

Noo whit should I dae if I need a poat o tea
or a piece and sassidge on white breid please
wi HP sauce on the side? Is there a bell I hae
tae ring?"

Chloe keeked at him, a bittie dumfoonert.
She hadnae realised she wis gonnae hae tae feed
him as weel as gie him a place tae stey.

"Naw, there's nae bell," she said. "Eh, ye see
that windae up there? Yon's ma bedroom."

"Oh aye?"

"Weel if ye need somethin, gonnae flash this
auld bicycle licht up at ma windae? Then I can
come doon and . . . eh . . . tak yer order."

"Perfection!" exclaimed Mr Mingin.

Bein in the smaw space o the shed wi Mr
Mingin wis stertin tae mak it difficult for Chloe
tae breathe. The reek wis especially awfie the
day. It wis mingy even by Mr Mingin's mingy
standards. "Wid ye like tae hae a bath afore ma

faimlie get hame?" Chloe said, fu o hope. The Duchess keeked up at her maister wi a look o desperate hope in her blenkin een. She wis blenkin because o the reek.

"Let me think . . ."

Chloe smiled at him hopin he wid say 'Aye, ye're richt. I'm howlin. Dook ma auld mingin dowper in a bath pronto!'

"Actually, I'll gie it a miss this month, thank you."

"Oh," said Chloe, disappointit. "Is there onythin I can get ye richt noo?"

"Is there ony efternoon tea on the go?" spiered Mr Mingin. "A choice o scones, cakes and French pastries?"

"Eh . . . naw," said Chloe. "But I could bring ye oot a cup o tea and biscuits. And we should hae some cat food I could bring for the Duchess."

"I am fairly sure the Duchess is a dug and no a bawdrins," pronoonced Mr Mingin.

"I ken but we've ainly got a bawdrins, sae we've ainly got cat food."

"Weel, mibbe ye could nip intae Raj's shoap the morra and buy the Duchess some tins o dug food. Raj kens whit she likes." Mr Mingin howked through his poackets. "Here's ten pence. Ye can keep the chynge."

Chloe looked at her haun. Mr Mingin hadnae pit ony siller there at aw, jist an auld bress button.

"Thank you awfie muckle, young lady," he cairried on. "And please dinnae forget tae chap the door when ye come back in case I am gettin chynged intae ma jammies."

Whit hiv I done? thocht Chloe, as she made her wey across the gress back tae the hoose. Her heid wis bizzin wi mair imaginary life-stories for her new freend, but nane o them seemed jist richt. Wis he an astronaut that had fawn tae earth and, in the shoack, tint his memory? Or mibbe he wis a convict that had lowped ower the prison waw efter servin thirty year for a crime he didnae commit? Or even better, a modern-day pirate wha had been telt tae walk the plank by his ain crew intae a sea hoatchin wi sherks, but against aw the odds had swum tae safety?

Yin thing she kent for sure wis that he really did honk. Indeed she could aye smell him as she raxed the back door. The plants and flooers in the gairden had aw wiltit wi the reek. They were noo leanin awa fae the shed as if tryin tae bield their stamens fae the guff. *At least he's safe*, thocht Chloe. *And warm and dry, even if it's jist for the nicht.*

When she got up tae her room and

looked oot the windae, the licht wis flashin awready.

"Aw-butter hieland shortbreid biscuits if ye hae them, please!" cawed up Mr Mingin. "Thank you awfie muckle."

8

Mibbe It's the Cundies

"Whit's that guff?" demandit Mither when she come ben the kitchen. She had been oot aw day campaignin and looked as poashly perjink as ever in a royal blue twin-set – forby her neb, which wis furiously snowkin the air.

"Whit guff?" said Chloe, wi a short delay as she gowped.

"Can ye no smell it, Chloe? That reek o . . . weel, I'm no gonnae say whit it minds me o, yon wid be impoleet and no suitable for a wummin o ma staundin in society, but it's a bad guff."

She breathed in and the guff seemed tae tak her
by surprise aw ower again. "Jings, it's an awfie
bad guff."

Like an ill-trickit clood o daurkest broon,
the reek had seepit through the widd o the
shed, nae doot peelin aff the creosote
as it traivelled. Then it had creepit
its wey across the gress, afore
openin the cat flap and stertin
its ramstougar occupation
o the kitchen. Hiv ye
ever wunnered
whit a bad guff
looks like? Weel,
get a guid swatch at
this . . .

Och, yon's a hummer. If ye pit yer neb richt up against the page ye can jist aboot smell it.

"Mibbe it's the cundies?" suggestit Chloe.

"Aye, it'll be thae cundies leakin again. Even mair reason why I need tae be electit as an MP. Noo, I hae a journalist fae *The Times* comin tae interview me at breakfast the day efter the morra. Sae you hae tae be on yer best behaviour. I want him tae see whit a braw normal faimlie we are."

We're a normal faimlie?! thocht Chloe.

"Voters like tae see a happy hame life. I jist pray that this horrible honk will be awa afore then."

"Aye . . ." said Chloe. "I'm sure it will. Mither . . . wis Da – I mean, Faither – ever in a rock band?"

Mither glowered at her. "Whit on earth are ye talkin aboot, young lady? Whaur did ye get yon glaikit idea fae?"

Chloe swallaed. "It's jist I saw this photie of this band cawed The Serpents o Deeth and yin o them looked awfie like—"

Mither turnt a wee bit peeliwallie. "Haivers!" she said. "I dinnae ken whit's got intae ye!" She footered wi her bouffant, awmaist like she wis nervous. "Yer Faither, in a rock band o aw things! First it's yon jotter fu o ootrageous stories, and noo this!"

"But—"

"Nae buts, young lady. Honestly, I dinnae ken whit tae dae wi ye ony mair."

Mither looked like she wis really bealin noo. Chloe couldnae unnerstaun whit she'd done wrang. "Weel, dinnae get yer bouffant in a fankle," she dorted.

"That's hit!" shouted Mither. "Awa tae yer bed, richt noo."

"It's twinty past six!" Chloe protestit.

"I dinnae care! Bed! Noo!"

Chloe foond it gey haurd tae get tae sleep. No ainly because she had been sent tae bed at sic a glaikitly early time, but mair importantly she had flitted a tink intae the gairden shed. She noticed the licht o a torch booncin aff her bedroom windae and keeked at her alairm nock. It wis 2:11am. Whit on earth could he want at this time o the nicht?

Mr Mingin had made himsel at hame in the shed. He had pit thegither a bed oot o some piles o auld newspapers. An auld hap wis his duvet, wi a grow bag for a pillae. It looked jist aboot comfy. An auld hosepipe had been redd up in the shape o dug-basket for Duchess. A plant poat fu o watter aside her for a bool. In chalk he'd expertly drawn some auld-farrant portraits on the daurk widden creosoted waws, like yins ye see in museums or auld country hooses, shawin folk fae history. On yin side he'd even drawn a windae, complete wi curtains and a sea view.

"Ye seem tae be settlin in then," said Chloe.

"Oh aye, I cannae thank ye enough, bairn. I love it. I feel like I finally hae a hame again."

"I'm sae gled."

"Noo," said Mr Mingin. "Miss Chloe, I cawed ye doon here because I cannae sleep. I wid like ye tae read me a story."

"A story? Whit kind o story?"

"You choose, ma dear. As lang as it's no a story for lassies . . ."

Chloe tiptaed up the stair back tae her room. Whiles she liked tae move aroond the hoose wioot makkin a soond, and sae she could mind whaur aw the craiks were on the stairs. If she pit her fit richt in the middle o *this* step, or the left side o *this* yin, she kent she widnae be heard. If she waukened Annabelle, she kent her wee sister wid lap up the chaunce tae get her intae deep deep trouble. And this widnae be normal ilkaday trouble like no eatin yer kail or 'forgettin' tae dae yer hamework. This wid be 'invitin a tink tae bide in yer shed' trouble. It wid be aff the scale. As this simple graph shaws:

INVITIN A TINK TAE BIDE IN YER SHED

GETTIN HAME LATE

SAYIN A DURTY WORD

NO DAEIN YER HAMEWORK

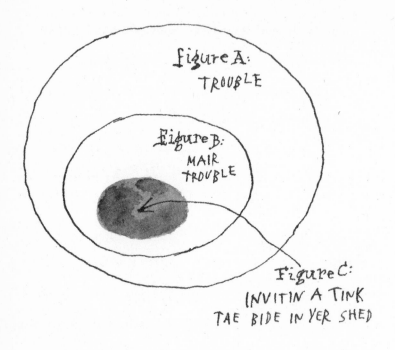

Tae pit it anither wey, if ye tak a keek at this Venn diagram ye can see that if figure A is 'trouble' and figure B is 'mair trouble', then this shadit area here, representin 'invitin a tink tae bide in yer shed', is a sub-section o figure B.

I hope this maks things clear.

Chloe looked on her bookshelf, ahint wee

ornamental hoolets she collectit even though she wisnae sure why. (Did she even *like* hoolets? Some distant auntie buys ye a porcelain hoolet yin day, some ither auntie jalouses that ye're collectin them, and by the end o yer bairnhood, ye've got hunners o the stupit things. Hoolets, ken, no aunties.)

Chloe keeked at the spines o her buiks. They were maistly for lassies. Loats o pinky-coloured buiks that matched her stupit pinky-coloured room that she hatit. She hadnae chosen the colour o her waws. She hadnae even been consultit. Why could her room no be paintit bleck? Noo *that* wid be guid. Her mither ainly bocht her buiks aboot pownies, princesses, ballet schuils and glaikit blonde-heidit teenagers in America whase ainly worry wis whit they were gonnae wear tae the prom. Chloe wisnae the tottiest bit interestit in ony o them, and she wis gey sure Mr Mingin widnae be either. The yin story she had scrievit had been rived intae a thoosand wee bitties by her mither. This wisnae gonnae be easy.

Chloe tiptaed back doon the stair and shut the kitchen door ahint her gey slow, sae it widnae mak a soond, and chapped gently on the shed door.

"Wha is it?" cam a suspeecious voice.

"It's me, Chloe. Wha else did ye think it wis?"

"I wis soond asleep! Whit dae ye want?"

"Ye asked me tae read ye a story."

"Acht weel, noo ye've waukened me up, ye micht as weel come in . . ."

Chloe taen yin last deep braith o the fresh nicht air and entered his bothy.

"Braw!" said Mr Mingin. "I used tae love a bed-time story."

"Weel, I'm awfie sorry, but I couldnae really

find onythin," said Chloe. "Aw ma buiks are jist for lassies. In fact, maist o them are pink."

"Oh dear," said Mr Mingin. He looked disappointit for a meenit, then he smiled at a thocht."But whit aboot yin o your stories?"

"Ma stories?"

"Aye. Ye telt me ye liked tae mak them up."

"But I couldnae jist . . . I mean . . . whit if ye didnae like it?" Chloe's wame jibbled wi a funny mixter-maxter o excitement and fear. Naebody had ever spiered her for yin o her stories afore."

"I'm sure I'll love it," said Mr Mingin. "And onywey, ye'll never ken until ye try."

"Yon's true," said Chloe, noddin. She stapped for a meenit, then taen in a deep braith. "Dae ye like vampires?" she spiered.

"Weel, I dinnae ken ony socially."

"Naw, I mean, wid ye like tae hear a story aboot vampires? These are vampires that are dominies in a schuil. They sook the bluid oot o their puir unsuspectin pupils . . ."

"Is this the story yer mither rived intae a thoosand wee bitties?"

"Aye, it wis," replied Chloe wi a dowie look. "But I think I can mind maist o it."

"Weel, I wid love tae hear it!"

"Wid ye?"

"Coorse I wid."

"Awricht," said Chloe. "Please can ye gie me the torch?"

Mr Mingin haundit it tae her and she turnt it on and pit it ablow her chin tae mak her fizzog aw eerie.

"Yince upon time . . ." she sterted, afore lossin her nerve.

"Aye?"

"Yince upon a time . . . naw, I cannae dae it! Sorry."

Chloe hatit readin oot lood in cless. She wis sae feart tae speak in public she wid even try tae hide unner the desk tae get oot o daein it. This wis even *mair* frichtenin. These were her ain words. It wis much mair private, mair personal, and she suddently felt like she wisnae ready tae share it wi onybody.

"Please, Miss Chloe," said Mr Mingin, encouragin her. "I wid really like tae hear yer story. It soonds braw bananaes! Noo ye were sayin, yince upon a time . . ."

She taen a deep braith. "Yince upon a time, there wis a wee lassie cawed Lily that hatit gaun tae the schuil. It wisnae because the lessons were haurd, it wis because aw her dominies were vampires . . ."

"Guid stert!"

Chloe smiled, and cairried on. Soon she wis really gettin intae it, and pittin on voices for her heroine, Lily, Lily's best freend Justin wha got bitten by the music teacher in a piana lesson and became a bluidsooker tae, and Mrs Murk, the ill-trickit heidmaistress, wha wis in fact heidbummer o aw vampires.

The tale unraivelled aw nicht. Chloe feenished the story jist afore daw o day as Lily finally stoved her hockey stick richt through the heidmaistress's hert.

"... Mrs Murk's bluid skooshed oot o her like newly struck ile, redecoratin the gym haw a daurk shade o crammassie. The end."

Chloe turnt aff the torch, her voice sair and her een hauf shut wi wabbitness.

"Whit a stottin guid story," annoonced Mr Mingin. "I cannae wait tae find oot whit happens in Buik Twa."

"Buik *Twa*?"

"Aye," said Mr Mingin. "Nae doot efter bumpin aff the heidmaistress, Lily has tae move tae anither schuil. And aw the dominies there could be flesh-scrannin zombies!"

That, thocht Chloe, *is an awfie guid idea.*

9

A Wee Slaver

Chloe keeked at her alairm-nock radio when she finally drapped intae bed. 6:44am. She had never been tae bed that late, ever. *Adults* didnae even gang tae their bed that late. Mibbe really dementit rock-star yins, but no mony. She shut her een for a saicont.

"Chloe? *Chloeee*? Git up! *Chloeeee*?" shoutit Mither fae ootside the door. She chapped on the door three times. Then paused and chapped yin mair time which wis especially annoyin, as Chloe hadnae expectit her tae. She keeked at the alairm-nock radio thingwy again. 6:45am. She had either been asleep for a haill day or a haill meenit. Since she couldnae open her een, Chloe jaloused it must hae been a meenit.

"*Whiiiit . . . ?*" she said, and wis shoacked by hoo deep and roch she soonded. Tellin stories aw nicht had turnt Chloe's voice intae that o a sixty-year-auld ex-coal miner that smoked a hunner cigarettes a day.

"Dinnae 'whit' me, young lady! It's time you stapped loongin aboot in yer bed. Yer sister's awready feenished a triathlon this mornin. Noo get up. I need yer help the day on the campaign trail."

Chloe wis sae wabbit she felt like she had grown intae her bed. In fact, she wisnae sure whaur her body endit and the bed sterted. She slippit oot fae unner her duvet and crowled tae the cludgie. Blenkin in the mirror, Chloe thocht for a meenit that she wis lookin at her ain grannie. Then, sechin, she made her wey doon the stair tae the kitchen table.

"We are gaun oot campaignin the day," said Mither as she sooked her grapefruit juice and swallaed the motorwey tailback o vitamin peels and scran-supplements she had aw lined up neatly on the table.

"It soonds *boooorrrrrin*," said Chloe. She made the word 'borin' soond even mair borin by makkin it langer than it really needit tae be. On Sunday mornins, Mither wid alloo the television tae be switched on sae she could watch programmes aboot politics. Chloe liked watchin television. In a hoose whaur viewin wis rationed, even an advert for a Stannah stair lift wis a treat. Hooever, the poleetical discussion programmes – which for nae apparent reason were broadcast on Sunday mornins – were heid-numbinly borin. They made Chloe think that she wantit tae be a wean forever if this wis whit the grown-up warld wis like.

Chloe aye suspectit her mither o haein anither motive for watchin: she had a crush on the Prime Meenister. Chloe couldnae see it hersel, but hunners o weemen her mither's age seemed tae think he wis a bit o a stotter. Tae Da's amusement, Mither wid aye stap whitever she wis daein tae watch the PM if he cam on the news. Yince, Chloe had spottit a wee slaver dreeblin oot o her mither's mooth when there wis some footage o the Prime Meenister in a pair o dookers flingin a Frisbee aboot on a beach.

Coorse, even the sicht o her mither slaverin didnae mak thae poleetical programmes ony less borin. But Chloe wid hae watched a hunner o them if it meant no haein tae spend the day campaignin wi her Mither. *Yon* wis how borin this wis gaun tae be.

"Weel, ye're comin whither ye like it or no," said Mither. "And pit on that frilly yellae gounie I bocht ye for yer birthday. Ye jist aboot look bonnie in that."

Chloe didnae look onywhaur near bonnie in it. She looked like a sweetie oot o a boax o Quality Street. If yon wisnae bad enough, she looked like yin o thae unpopular flavours that get left in the boax until weel efter the New Year. The ainly colour she really liked wearin wis bleck. She thocht bleck wis braw, and even better it made her look less pudgie. Chloe desperately wantit tae be a Goath, but she didnae ken whaur tae stert. Ye couldnae buy Goath claes in Marks & Spencer's. And onywey, ye needit the white mak-up and the bleck hair-dye, and maist importantly the ability tae look doon at yer shuin at aw times.

Whit wid she hae tae dae tae become a Goath?

Wis there an application foarm tae fill oot? A committee o super-Goaths that wid check ye oot for Goathness, or wis it Goathnicity? Chloe had yince seen a real-life Goath hingin aroond aside a bin in the high street and got aw excitit. She really wantit tae gang ower and spier her hoo tae get sterted in the Goath warld, but she wis ower blate. Which wis ironic, because blateness is somethin ye need if ye want tae become a successful Goath.

In the unlikely event o Elizabeth the bawdrins becomin a Goath, this is whit she wid look like.

Fig A

Fig B

Haw, let's get back tae the story . . .

"It's cauld ootside, Chloe," said Mither, when Chloe cam doon the stair in the boaksome Quality Street gounie. "Ye'll need a jaiket. Whit aboot that tangerine-coloured jaiket yer grandmither made ye last Christmas?"

Chloe raxed intae the room ablow the stairs. This wis whaur awbody in the faimlie kept their jaikets and wellie bitts. She heard a reeshle in the daurkness. Had Elizabeth the bawdrins got shut in there by accident? Or had Mr Mingin flitted intae the hoose? She switched on the licht. Keekin oot fae ahint the bottom o an auld fur coat wis a frichtened fizzog.

"Da?"

"Wheesht!"

"Whit are ye hidin in there for?" Chloe whuspered. "Ye're meant tae be at yer wark."

"Naw, I'm no. I loast ma joab at the factory," said Da dowiely.

"*Whit?*"

"A haill loat o us got made redundant twa weeks ago. Naebody's buyin new caurs richt noo. It's nae doot because o the recession."

"Aye, but why are ye hidin?"

"I'm ower feart tae tell yer mither. She'll divorce me if she finds oot. Please, I'm beggin ye, dinnae tell her."

"I'm no sure if she'd div—"

"Please, Chloe. I'll sort aw this oot soon. It's no gonnae be easy, but I'll get anither joab if I can."

He leaned forrit sae that the hem o the fur coat wis draped ower his heid, the thick fur lookin like a rammy o curly hair.

"Sae that's whit ye look like wi hair!" Chloe whuspered.

"Whit?"

It wis *definately* Da on yon CD cover. Wi the fur on his heid, he looked jist like he did in the photie, wi that stotter o a perm!

"If ye need a joab, ye could aye go back tae playin guitar wi The Serpents o Deeth," said Chloe.

Da looked shoacked. "What telt ye I wis in a band?"

"I saw yer CD and I spiered Mither, but she—"

"Wheesht!" said Da. "Keep it doon. Wait . . . whaur did ye see this CD?

"Eh . . . I wis . . . um . . . lookin for ma auld hamster cage in the shed and it wis in a boax wi a load o auld junk. There wis a brunt guitar wi it."

Da opened his mooth tae say somethin, but jist at that moment, a door slammed up the stair.

"C'moan, Chloe!" raired Mither.

"Promise me ye'll no say onythin aboot me lossin ma joab," whuspered Da.

"I promise."

Chloe shut the door, leain her da on aw fowers in the daurk. Noo she had twa fu-grown men hidin aroond the hoose. *Whit's nixt?* she thocht. *Am I gonnae find ma Granda in the tummle dryer?!*

10

Hauf Chawed

Bein on the poleetical campaign trail meant Chloe chappin on whit seemed like awbody's front door in the toun and Mither spierin folk if she could "rely on their vote". The folk that said they were gonnae vote for Mither were instantly rewardit wi a muckle smile and an even mair muckle sticker tae pit in their windae proclaimin 'Vote Ploom'. The folk that said they *werenae* votin for her were gonnae miss an awfie loat o daytime telly. Mither wis the kind o buddie that widnae gie up wioot a fecht.

They passed the newsagent's shoap. "I

wunner if Raj wid pit yin o ma posters up in his windae," said Mither, as she stramped towards the shoappie. Chloe hirpled ahint her in her uncomfortable Sunday shuin, strauchlin tae keep up. Her mind had been elsewhaur aw day. Noo she wis cairryin aroond *twa* hoat-air balloon-sized secrets in her heid – Mr Mingin hidin in the gairden shed and her da in the cupboard unner the stairs!

"Ah, ma twa favourite customers!" Raj cried oot as they entered the shoap. "The perjink Mrs Ploom and her delichtfu dochter, Chloe."

"It's Plum!" correctit Mither. "Sae, Raj, can I rely on yer vote?"

"Are ye on *The X-Factor*?!" said Raj aw excitit. "Aye, aye, coorse I'll vote for ye. Whit are ye singin on Setterday?"

"Naw, she's no daein *The X-Factor*, Raj," interjectit Chloe, tryin no tae lauch at the thocht.

"*Britain's Goat Talent* then? Ye're mibbe daein a ventriloquist act wi a bawheid otter puppet cawed Jeremy? That wid be maist amusin!"

"Naw, she's no daein *Britain's Goat Talent* either." Chloe smirkled.

"*Hoo dae ye solve ony dream will dae I'd dae onythin* or whitver it's cawed wi Graham thingwy?"

"It's the election, Raj," interruptit Mither. "Ye ken, the local election? I'm staundin tae be oor local MP."

"And when is this election thingwy happenin then?"

"Nixt Friday. I cannae believe ye've missed it! It's aw ower these newspapers, Raj!" Mither wagged a haun at the muckle piles o newspapers in the shoap.

"Och, I ainly read *Nuts* and *Zoo*," said Raj. "I get aw the news I need fae them."

Mither gied him a snottery look, even though Chloe suspectit she wisnae sure whit either *Nuts* or *Zoo* wis. Chloe had yince seen a copy o *Nuts* that yin o the aulder laddies had brocht tae the schuil, and kent it wis awfie coorse.

"Whit dae you think are the maist important issues Britain faces the day?" spiered Mither, delichted wi the clivverocity and smairtiness o her ain question.

Raj thocht for a meenit, then shouted ower at some laddies that were hingin aboot the pick 'n' mix. "Dinnae pit the liquorice in yer mooth unless ye're gonnae buy it, young man! Och naw, I'm gonnae hae tae pit that liquorice on special offer noo!"

Raj grabbed a pen and a piece o caird. He scrievit 'hauf chawed', and pit it on the liquorice boax. "Sorry, whit wis the question again?"

Note tae self, thocht Chloe. *Dinnae ever buy ony liquorice fae this shoap again.*

"Eh ... Noo whaur wis I?" said Mither tae Raj. "Oh aye, whit dae you think are the maist— ?"

"... important issues Britain faces the day, Raj?" said Raj brichtly. "Och, I didnae need tae say 'Raj'. I am Raj. Weel, I think it wid be a muckle advance if Cadbury's Creme Eggs were available no jist at Easter but aw year roond. They are yin o ma maist popular items. And I strangly believe that Quavers should diversifee fae cheese flavours tae incorporate Asian Chucken and Lamb Rogan Josh as weel. And maist importantly, and I ken this micht be a bittie controversial, but I think that coffee Revels maun be banned as they speyl an itherwise perfectly wunnerfu sweetie. There, it's oot. I've said hit."

"Richt," said Mither.

"And if ye promise tae chynge the government policy on thae issues ye can rely on ma vote, Mrs Ploom!"

Mither had had a mixed response tae her campaignin sae faur, and wis keen tae secure this potentially crucial vote.

"Aye, I will certainly try, Raj!" she said.

"Thank you awfie muckle," said Raj. "Please help yersel tae somethin fae the shoap."

"Naw, I couldnae dae that, Raj!"

"Gaun, Mrs Ploom. Tak a boax o Terry's Aw Gowd, I've ainly taen oot the caramel squares. Mmm, they are braw. And mibbe Chloe wid like this Fingir o Fudge? It's a bittie flet because ma wife sat on it, but it's perfectly guid tae eat."

"We couldnae possibly tak these kind gifties, Raj," said Mither.

"Weel, why no buy them then? Yin boax o Terry's Aw Gowd, £4.29, and a Fingir o Fudge, 20p. Yon's £4.49. Let's caw it £4.50. Easier if I jist tak five poond. Thank you awfie muckle."

Chloe and Mither come oot the shoap haudin their sweeties. Mither held her hauf eaten boax o chocolates wi a look o haurdly disguised scunner on her fizzog.

"Noo, dinnae forget, Raj. The election is nixt Friday!" said Mither at the door.

"Och, I cannae mak it nixt Friday, Mrs Ploom. I hae tae stey here as I'm expectin a muckle delivery o Smairties! But guid luck tae ye!"

"Ah . . . Thank you," replied Mither, lookin doonhertit.

"Mrs Ploom," said Raj. "Wid ye be interestit in somethin awfie special that is boond tae become somethin o a faimlie heirloom tae be haundit doon through the generations? Some o yer grandweans will yin day be prood tae hae it valued on *The Antiques Roadshow*."

"Aye?" said Mither expectantly.

"It's a Teenage Mutant Ninja Torties stationery set . . ."

11

Pouin Hair

"Whit are ye hidin in the shed?" said Annabelle wi accusatory pleisure.

It wis midnicht and Chloe wis yince again tiptaein past her sister's room, this time tae tell Mr Mingin aboot Lily's newest adventure wi her flesh-scrannin zombie dominies. Annabelle stood in her doorwey in her pink pownie jammies. Her hair wis aw in bunches. And in case o fire she sleepit in lip-gloass. She looked sae bonnie it wid seekin ye.

"Nothin," said Chloe, gowpin.

"I ken when you're leein, Chloe."

"Hoo dae ye ken?"

"Ye gowp when ye're tellin a lee."

"Naw I dinnae!" said Chloe, tryin awfie haurd no tae gowp. She gowped.

"Ye jist did it! Whit's in there onywey? Dae you hae a boyfreend hidin in there or somethin?"

"Naw, I hivnae got a boyfreend, Annabelle."

"Naw, coorse ye hivnae. Ye wid need tae loss some o that wecht first."

"Jist go tae back yer bed," said Chloe.

"I amnae gaun tae ma bed until ye tell me whit ye've got in the shed," annoonced Annabelle.

"Keep yer voice doon. Ye're gonnae wauk awbody up!"

"Naw I winnae keep ma voice doon! In fact it is gonnae get looder and looder. La la la la la la la la la la la la la la la la la!"

"*Wheesht!*" hished Chloe.

"La la la la la la la la la la la la la la la

la la la la la la la la la la la la la la la la
la la la la la la la la la la la la la la la la
la la la la la la la la la la la la la la la la
la . . .!"

Chloe poued her wee sister's hair shairply.
There wis a pause for a meenit, as Annabelle
gowked at Chloe in shoack. Then she opened
her mooth.

"AAAAAAAAAAAAAAAAA
AAAAAAAAAAAAAAAAAA
AAAAAAAAAAAAAAAAAA
AAAAAAAAAAAAAAAAAA
AAAAAAAAAAAAAAAAAA
AAAAAAAAAAAAAAAAAA
AHHHHHHHHHHHHHHHH
HHHHH!" yowled Annabelle.

"Whit on earth is aw this noise aboot?" said
Mither as she flochtered oot o her bedroom in
her silk nichtgoun.

Annabelle tried tae speak, but jist hyper-haivered through her tears.

"Ugh . . . eh . . . ah . . . ah . . . ughhh . . . ah . . . eh . . . ugh . . ."

"Whit on earth did ye dae tae her, Chloe?" demandit Mither.

"She's pittin it on! I didnae pou her stupit hair that haurd!" Chloe protestit.

"You poued her *hair*? Annabelle is doon tae the last thoosand for a model castin the morra for *Geordie at Asda* and she has tae look perjink!"

"Ugh . . . ah . . . eh . . . ah. She's ah eh got ugh ugh ugh hidin ugh ugh somethin eh ah ugh in the ugh ugh ughu shed," said Annabelle as she gret oot some mair tears.

"Faither," ordered Mither. "Come oot here richt noo!"

"I'm sleepin!" cam the muffled cry fae their bedroom.

"RICHT NOO!"

Chloe looked doon at the cairpet sae Mither couldnae read her face. There wis a pause. The three ladies o the hoose listened as Da got oot o his bed. Nixt they heard the soond o somebody trinklin watter intae the cludgie. Mither's face turnt reid wi fury.

"I SAID RICHT NOO!"

The soond stapped abruptly and Da shauchled oot o the bedroom in his Arsenal Fitba Club jammies.

"Annabelle said Chloe is hidin somethin in the shed. Chocolate, nae doot. I need ye tae gang doon there and tak a keek."

"Me?" protestit Da.

"Aye, you!"

"Can I no dae it in the mornin?"

"Naw, ye cannae."

"There's nothin doon there," wheedled Chloe.

"WHEESHT!"

"I'll jist get a torch," seched Da.

He made his wey slowly doon the stair, and Mither, Chloe and Annabelle wheeched ower tae the windae o the maister bedroom tae watch him walk tae the end o the gairden. The muin wis fu, and it waashed the gairden in an eerie lowe. The torchlicht daunced aroond the trees and busses as he walked. They looked on braithless as Da slowly opened the shed door. It craiked open.

Chloe could hear her hert chappin. Wis this the moment that wid seal her doom forever? Wid she be made tae eat ainly kail at ilka meal fae noo on? Or get sent tae her bed even afore she got up? Or be groondit for the lave o her life? Chloe gowped looder than she had ever gowped afore. Mither heard this and flung her a look o daurk, bleezin suspeecion.

The silence wis like thunner. A wheen saiconts passed, or wis it oors or wis it years?

Then Da come slowly oot o the shed. He looked up at the windae and shouted, "There's nothin here!"

12

Mingin Ming

Did I dream the haill thing up? thocht Chloe as she lay in her bed. She wis in that placie atween asleep and awake. That placie whaur ye can still mind dreamin. It wis 4:48am, and noo she wis stertin tae doot if Mr Mingin even really existit.

At daw o day her curiosity got the better o her. Chloe creepit doon the stair, and tiptaed ower the cauld weet gress tae the shed door. She hung aboot ootside for a meenit, afore openin it.

"Acht, there ye are!" said Mr Mingin. "I am gey hungert this mornin. Poached eggs please, if that's awricht wi you. Runny in the middle.

Sassidges. Mushrooms. Grilled tomataes. Sassidges. Baked beans. Sassidges. Breid and butter. Broon sauce on the side. Dinnae forget the sassidges. English breakfast tea. And a gless o orange juice. Thank you awfie muckle."

Chloe kent noo she hadnae dreamed the haill thing up, but she wis stertin tae wish she had. It wis aw hert-stappinly, frichteninly real.

"Wid freshly squeezed orange juice suit ye, sir?" she spiered sarcastically.

"Ken whit? I'd raither hae some that's jist a wee bit aff. I prefer it. Mibbe some that wis squeezed aboot a month ago?"

Jist then, Chloe spottit an auld dug-lugged bleck-and-white photie that Mr Mingin had pit on a shelf. It shawed a bonnie young couple staundin proodly nixt tae a big braw and perfectly roonded Rolls Royce, parkit in the drive o a muckle stately hame.

"Wha's that?" she spiered, pointin at the photie.

"Och, naebody, n-n-n-nothin ..." he stootered. "Jist a sentimental auld photie, Miss Chloe."

"Can I get tae see it?"

"Naw, naw, naw, it's jist a glaikit pictur. Please, dinnae fash yersel aboot it." Mr Mingin wis gettin awfie floostered. He wheeched the photie aff the shelf, and pit it in the poacket o his jammies. Chloe wis disappointit. The photie had seemed like anither clue tae Mr Mingin's past, like his wee siller spuin, or the wey he'd booled yon bittie o paper intae the bin. This yin had seemed like the best clue yet. But noo Mr Mingin wis chasin her oot o the shed. "Dinnae forget the sassidges!" he said.

Hoo in the name o the wee man did Da no see him? thocht Chloe, as she gaed back tae the hoose. Even if he hadnae seen Mr Mingin in the shed, he wid surely hae smelled the guff.

Chloe tiptaed intae the kitchen and opened the fridge door as quietly as possible. She gawked intae the fridge, and stertit gey carefu tae move the jaurs o mustard and pickle sae they widnae clink. She hoped tae find some oot o date orange juice that micht appeal tae Mr Mingin's aff-colour tastes.

"Whit are ye daein?" said a voice.

Chloe got a fricht. It wis ainly her Da, but she wisnae expectin tae see him up this early. She gaithered hersel for a moment.

"Nothin, Da. I'm jist hungert, that's aw."

"I ken wha's in the shed, Chloe," he said.

Chloe keeked at him, aw panicky. She couldnae think, never mind speak.

"I opened the door last nicht tae see an auld tink snorin awa nixt tae ma lawnmower," Da cairried on. "The ming wis . . . weel . . . mingin. It wis an awfie mingin ming . . ."

"I wantit tae tell ye, honest I did," said Chloe. "He needs a hame, Da. Mither wants aw the hameless folk aff the streets!"

"I ken, I ken, but I'm sorry Chloe, he cannae

stey. Yer mither will go aff her heid if she finds oot."

"Da, I'm sorry."

"It's OK, darlin. I'm no gonnae say onythin tae yer mither. Hiv ye kept yer promise aboot no tellin onybody aboot me lossin ma joab?"

"Aye."

"Guid lass," said Da.

"Sae," said Chloe, gled tae hae Da aw tae hersel for a chynge. "Hoo come yer guitar got aw brunt?"

"Yer mither pit it on the bonfire."

"Naw! She didnae!"

"Aye, she did," said Da, a dowie look spreidin ower his face. "She wantit me tae move on wi ma life. She wis daein me a favour, I suppose."

"A *favour*?"

"Weel, The Serpents o Deeth were never

gonnae mak it. I taen the joab at the caur factory and that wis that."

"But ye had an album! Ye must hae been deid famous," chirped Chloe aw excitit.

"Naw, we werenae. No at aw!" lauched Da. "Oor album ainly selt twal copies."

"*Twal*?" said Chloe.

"Aye, and yer grannie bocht maist o them. We werenae bad, though. And yin o oor singils got intae the chairts."

"Whit, the Tap Forty?"

"Naw, we got tae 98."

"Wow," said Chloe. "The Tap Hunner! That's guid!"

"Naw, it's no," said Da. "But ye're awfie sweet for sayin it." He kissed her on the foreheid and opened his airms for her tae coorie in tae him.

"This is nae time tae be cooryin in!" said Mither as she stramped intae the kitchen. "The man fae *The Times* will be here in the noo. Faither, you can mak the scrammled eggs. Chloe, I want you tae set the table."

"Aye, Mither," said Chloe, wi at least hauf her brain warkin oot hoo Mr Mingin wis gonnae get his breakfast.

"Sae hoo important is yer faimlie tae ye, Mrs Ploom?" spiered the serious-lookin journalist. He wore thick glesses and he wis auld. In fact he'd probably been boarn an auld man. Papped oot o his mither, wearin glesses and a three-piece suit. He wis cawed Mr Dour, which Chloe thocht wis a guid name for him. He didnae look like he smiled a lot. Or indeed ever.

"Actually, it's pronoonced Plum," correctit Mither.

"Naw, it's no," said Da afore his wife flung him a look o unadulteratit crabbitness. The Ploom

faimlie wis sittin aroond the denner table and
no enjoyin their poash breakfast. It wis aw sic a
lee. They didnae normally sit aroond the denner
table eatin smeekit saumon and scrammled eggs.
They wid be roond the *kitchen* table scrannin
Rice Krispies or Marmite on toast.

"Awfie important, Mr Dour," said Mither.
"The maist important thing in ma life. I dinnae
ken whit I wid dae wioot ma husband, Mr Plum,
ma darlin dochter, Annabelle, and the other yin
... whitsshecawedagain? Chloe."

"Weel, then I ask ye this Mrs ... Pluuuuuum.

Is yer faimlie mair important tae ye than the future o this country?"

This wis a sair yin. There wis a pause durin which a haill civilisation could hae risen and cowped.

"Weel, Mr Dour . . ." Mither said.

"Aye, Mrs Pluuuuuuuuuuum . . .?"

"Weel, Mr Dour . . ."

"Aye, Mrs Pluuuuuuuuuuuuuuuuuuuuuuuuu uuum . . .?"

Jist then there wis a wee chap-chap-chappin on the windae. "Excuse me for interruptin," said Mr Mingin wi a smile, "but can I please get ma breakfast noo?"

13

Shut yer Geggie!

"Wha in the name o the wee man is *he*?" spiered Mr Dour as Mr Mingin mairched aroond in his clarty strippit jammies tae the back door.

Awbody held their wheesht. Mither's een jist aboot lowped oot o her heid and Annabelle looked like she wis aboot tae skraik or boak or baith.

"Och, he's the tink that bides in oor shed," said Chloe.

"The tink that bides in oor shed?" Mither repeatit, no able tae credit it. She glowered at her husband wi bleck fire in her een.

He gowped.

"I telt ye she wis hidin somethin in there, Mither!" exclaimed Annabelle.

"He wisnae there when I looked!" protestit Da. "He must hae posed himsel ahint a trool!"

"Whit a wunnerfu wummin you are, Mrs Pluuuuuuuuuum," said Mr Dour. "I read aboot yer policies on the hameless. Aboot drivin them aff the streets. I had nae idea ye meant we should drive them intae oor hames and let them come and *bide* wi us."

"Weel I ..." stootered Mither, loast for words.

"I can assure ye I am gonnae write an absolutely stottin piece aboot ye noo. This will mak the front page. You could weel be the nixt Prime Meenister o the country!"

"Ma sassidges?" said Mr Mingin, as he come ben intae the dinin room.

"Excuse me?" said Mither, afore pittin her haun ower her mooth in horror at the guff.

"Forgie me," said Mr Mingin. "It's jist that I spiered yer dochter for some sassidges twa oors ago, and I'm awfie sorry, but I'm stervin!"

"Ye say I could be the nixt Prime Meenister o the country, Mr Dour?" said Mither, her brain warkin awa.

"Aye. It's sae kind o ye. Allooin a clarty mingin auld tink like this – nae offence, like—"

"Nane taken," replied Mr Mingin wioot hesitation.

"—tae come and bide wi ye. Hoo could ye *no* be electit as an MP noo?"

Mither smiled. "In that case," she said, turnin tae Mr Mingin, "hoo mony sassidges wid ye like ma verra guid freend that bides in ma shed and haurdly honks at aw?"

"Nae mair than nine, please," replied Mr Mingin.

"Nine sassidges comin richt up!"

"Wi poached eggs, bacon, mushrooms, grilled tomataes, breid and butter and broon sauce on the side, please."

"Nae bother, ma awfie guid and maist loved freend!" cam the voice fae the kitchen.

"You honk sae bad I think I'm gonnae dee," said Annabelle.

"That's no verra nice, Annabelle," said Mither cantily fae the kitchen. "Noo cam in here and help us, darlin, there's a guid lass!"

Annabelle ran ben tae whit she thocht wid be the guff-free zone o the kitchen. "It reeks jist as bad in here!" she skraiked.

"Shut yer geggie!" gnipped Mither.

"Sae, tell me . . . tink," said Mr Dour, leanin in towards Mr Mingin afore the guff got tae him and boonced him back the wey. "Is it jist you that steys in the shed?"

"Aye, jist me. And ma dug, the Duchess . . ."

"HE'S GOT A DUG?" Mither cried oot in an anxious voice fae nixt door.

"And hoo dae ye find it bidin here?" Mr Dour cairried on.

"Braw," said Mr Mingin. "But I hae tae say, the service is deid slow and stoap . . ."

14

The Lady and the Tink

'THE LADY AND THE TINK' wis the heidline.

Mr Dour had been true tae his word and the story had made it ontae the front page o *The Times*, alang wi a muckle photie o Mither and Mr Mingin staundin thegither. Mr Mingin wis smilin, shawin aff aw his bleck teeth. Mither wis tryin tae smile, but because o the guff she had tae keep her mooth ticht shut. As soon as the paper laddie pit the paper through the letter boax, the Plooms lowped on it and read the haill thing in a wanner. Mither wis famous! Proodly she read the airticle oot lood.

Mrs Ploom micht no look like a poleetical revolutionary wi her smairt blue suits and pearlies, but she could weel chynge the wey we live oor lives. She is staundin for MP in her local toun and, although her policies seem awfie haurd line, she has taen the revolutionary step o invitin a tink tae bide wi her faimlie.

"It wis aw ma idea," said Mrs Ploom (pronoonced 'Pluuuuuuuuuuum'). "At first ma faimlie wantit nothin tae dae wi it, but I jist had tae gie this puir manky flech-hoatchin clart-encrustit wame-whummlin mingin gaberlunzie mannie and his bowfin dug a hame. I love them baith dearly. They're noo pairt o the faimlie. I couldnae imagine life wioot them. If ainly ither folk were as kind and guid-hertit as me. A

modern day saunt, some folk are sayin. If ilka faimlie in this country wis tae let a tink bide wi them it could solve the problem o hamelessness yince and for aw. Och, and dinnae forget tae vote for me in the election."

It's sic a guid idea, it's genius, and could weel pit Mrs Ploom in line tae be the nixt Prime Meenister.

The tink, kent ainly as 'Mr Mingin' had this tae say: "Gonnae gie us anither sassidge, please?"

"It wisnae yer idea, Mither," gnipped Chloe, ower bealin tae jist go in the huff.

"No strictly speakin it wisnae, darlin, naw . . ."

Chloe glowered at her, but jist then the telephone rang.

"Gonnae somebody get that? It's boond tae be for me," said Mither, graundly.

Annabelle doucely picked up the phone. "Pluuuum residence. Wha's speakin, please?" she spiered, jist as her mither had instructit her. Mither even had a special telephone voice, a bittie poasher than her usual yin.

"Wha is it, dear?" said Mither.

"It's the Prime Meenister," replied Annabelle, pittin her haun ower the moothpiece.

"The *Prime Meenister*?" skirled Mither.

She flung hersel at the telephone.

"Mrs Pluuuuum spikkin!" said Mither in a totally eediotic voice, even poasher than her usual poash telephone voice. "Aye, thenk ye, Preem Meenister. It wis an awfu braaaaww piece in the newspipper, Preem Meenister."

Mither wis slaverin again. Da shook his heid.

"I wid be delichted tae be a guest on *Question Time* the nicht, Preem Meenister," said Mither.

Then she gaed aw quiet. Chloe could hear a

murmur fae the ither end o the line, follaed by silence.

Mither's mooth drapped open.

"*Ye whit*?" she grooled intae the phone, lossin her dignity and her heid for a saicont.

Chloe looked at Da tae see if he unnerstood whit wis happenin but he jist shrugged his shooders.

"Whit dae ye mean, ye want the tink tae go on as weel?" said Mither, no able tae credit whit she wis hearin.

Da grinned. *Question Time* wis a serious poleetical discussion programme hostit by a Sir. It wis Mither's big chaunce tae sheen, and she obviously didnae want it tae be speyled by a foostie auld tink.

"Weel, aye," Mither cairried on, "I ken it maks a guid story, but does he really hae tae be on as weel? He reeks!"

There wis anither pause while the Prime Meenister spoke, the murmur gettin a bittie looder. Chloe wis impressed by the man. Onybody that could mak her Mither haud her wheesht even for a moment *deserved* tae run the country.

"Aye, aye, weel, if that's whit ye want Preem Meenister, then aye, coorse I will bring Mr Mingin alang. Thank you awfie muckle for cawin. By the wey I mak a guid Clootie Dumplin. If ye're ever passin on yer Battle Bus I wid be delichted tae offer ye a daud or twa. Naw? Weel, guidbye . . . guidbye . . . guidbye . . ." She checked yin last time that he wis definately gane. "Cheerio."

Chloe rushed intae the gairden tae tell Mr Mingin the news. She heard a "Grrrrrr" and thocht it must be the Duchess. But it wisnae. It wis actually Elizabeth the bawdrins that wis daein the gurrin. She wis lookin up at the tap o the shed, whaur a tremmlin Duchess wis hidin. The wee bleck dug wis yowpin saftly. Chloe chased Elizabeth awa and brocht the Duchess doon. She clapped her.

"There, there," she said. "That ill-trickit bawdrins is awa noo."

Elizabeth flew oot o the busses and through the air like a kung-fu kittlin. A frichtit Duchess rocketit up the aipple tree tae safety. Elizabeth stramped aroond the tree trunk, hissin carnaptiously.

Chloe chapped on the shed door. "Hiya?"

"Is that you, Duchess?" cam Mr Mingin's voice fae inside.

"Naw, it's Chloe," said Chloe. *He's gyte!* she thocht.

"Och, bonnie Chloe! Come awa ben, sweethert."

Mr Mingin cowped a bucket ower. "Please, tak a seat. Sae did yer Mither and I get intae the newspaper?"

"Ye're on the front page. Look it!"

She held up the paper and he let oot a wee lauch. "Fame at last!"

"And that's no aw. We jist had a caw fae the Prime Meenister."

"Winston Churchill?"

"Naw, we've got a new yin noo, and he wants

you and Mither tae go on this programme cawed *Question Time* the nicht."

"On the televisual boax?

"The TV? Aye. And I wis thinkin, afore ye go on . . ." Chloe looked at Mr Mingin wi hope in her een. "It micht be a guid idea if ye had a . . ."

"Aye, bairn?"

"Weel a . . ."

"Aye . . .?"

"A . . ." She finally howked up enough courage tae say it, ". . . bath?"

Mr Mingin glowered at her suspeeciously for twa-three saiconts.

"Chloe?" he spiered at last.

"Aye, Mr Mingin?"

"I dinnae reek, dae I?"

Hoo could she answer this? She didnae want tae hurt Mr Mingin's feelins, but then again it wid be faur easier tae be aroond him if he got tae ken Mr Soap and his sonsie guidwife, Mrs Watter . . ."

"Naw, naw, naw, coorse ye dinnae reek," said Chloe, gowpin the biggest gowp that had even been gowped in the history of gowps.

"Thank you, ma dear," said Mr Mingin, seemin awmaist convinced. "Then hoo come people caw me Mr Mingin?"

In her heid, Chloe heard the lood dramatic music fae *Wha Wants tae be a Millionaire*? This could hae been the million poond question. But Chloe had nae '50/50', nae 'spier the audience' and no even a 'phone a freend' at her disposal. Efter a lang pause, in which ye could hae watched aw three *Laird o the Rings* films in the special extendit director's cuts, words sterted tae form in Chloe's mooth.

"It's a joke," she heard hersel sayin.

"A joke?" spiered Mr Mingin.

"Aye, because ye actually smell awfie nice sae awbody caws ye Mr Mingin for a joke."

"Really?" His suspeecion seemed tae be dwynin a wee bit.

"Aye, like cawin a gey wee man 'Mr Muckle' or a skinnymalink 'Fattygus'."

"Oh aye, I unnerstaun, maist joco!" keckled Mr Mingin.

The Duchess keeked at Chloe wi a look that said, *Ye had the chaunce tae tell him, but ye didnae. Ye chose tae cairry on leein tae him.*

Hoo dae I ken that the Duchess's look said aw that? Because there is a braw buik in ma local library cawed *Yin Thoosand Duggie Expressions Explained* by Professor L. Stane.

Noo back tae the story.

"But," said Chloe, "ye micht like tae hae a bath, weel, jist for fun . . ."

15

Bath time

This wis nae ordinar bath time. Chloe realised this had tae be run like a military operation.

Hoat watter? Check.

Touels? Check.

Bubble bath? Check?

Rubber deuk or similar bath time toy beastie? Check.

Soap? Wis there enough soap in the hoose? Or in the toun? Or in the haill o Europe, tae mak Mr Mingin clean? He hadnae had a bath since – weel, he said last year, but it micht as weel hae been since dinosaurs daunered aboot the earth.

Chloe turnt on the taps, rinnin them baith thegither sae the temperature wid be jist richt. If it wis ower hoat or ower cauld it micht frichten Mr Mingin aff baths forever. She poored in some bubble bath, and gied it a swirl. Then she laid oot some neatly fauldit touels, brawly warm fae the airin cupboard, on a cutty stool by the bath. In the cabinet she fund a multi-pack o soaps. It wis aw gaun perfectly accordin tae plan, until . . .

"He's awa!" said Da, pokin his heid aroond the bathroom door.

"Whit dae ye mean, 'he's awa'?" said Chloe.

"He's no in the shed, he's no in the hoose, I cannae see him in the gairden. I dinnae ken whaur he is."

"Stert the caur!" said Chloe.

They sped aff oot o their street. This wis excitin. Da wis drivin faster than usual, although still yin mile an oor less than the speed limit, and

Chloe sat in the front seat, which she haurdly ever did. Aw they needit wis some tak-awa doughnuts and coffee, and they could be twa misfit polis in a Hollywidd action movie. Chloe jaloused that if Mr Mingin wis onywhaur he would be back sittin on his bench whaur she first talked tae him.

"Stap the caur!" she said, as they passed the bench.

"But it's a double yellae line," pleadit Da.

"I said, stap the caur!"

Da pit his fit haurd on the brake. The tyres skraiked. They were baith flung forrit a wee bit in their seats. They smiled at each anither at the excitement o it aw – it wis like they'd jist come hurlin doon a rollercoaster. Chloe lowped oot o the caur and slammed the door shut wi a muckle whud, somethin she wid never daur dae if her mither wis aroond.

But the bench wis toom. Mr Mingin wisnae there. Chloe taen a sniff at the air. There wis a peerie whiff o him, but she couldnae tell if the guff wis recent or yin that had been hingin aboot in the atmosphere for a week or twa.

Da drove aroond the toun for anither oor. Chloe checked aw the places she thocht her tink freend micht be – unner brigs, in the park, in the coffee shoap, even ahint the bins. But it seemed as though he really had disappeart. Chloe felt like greetin. Mibbe he had left toun awthegither – efter aw, he wis a stravaiger.

"We'd better heid hame noo, darlin," said Da saftly.

"Aye," said Chloe, tryin tae be brave.

"I'll pit the kettle on," said Da as they walked ben the hoose.

In Britain, a cup o tea is the answer tae ilka problem.

Fawn aff yer bike? Hae a cup o tea.

Yer hoose has been malkied by a meteorite? Here's a cup o tea tae ye.

Yer haill faimlie has been scranned by a Tyrannosaurus Rex that has traivelled through a yett in time and space? Tak a cup o tea and a daud o cake. Mibbe a bite o somethin savoury wid be help calm ye doon and aw, for example a Scotch egg or a sassidge roll.

Chloe picked up the kettle and gaed tae the sink tae fill it. She keeked oot the windae.

Jist then, Mr Mingin's heid popped oot o the pond. He gied her a wee wave. Chloe skraiked.

When they'd got ower their shoack, Chloe and Da walked slowly doon tae the pond. Mr Mingin wis hummin the sang 'Speed bonnie boat' tae himsel. As he chanted, he rubbed algae intae himsel wi a watter lily. A nummer o gowdfish floatit upside doon on the watter's surface.

"Guid efternoon, Miss Chloe, guid efternoon, Mr Ploom," said Mr Mingin brichtly. "I'll no be lang. I dinnae want tae get aw runklie sittin in here!"

"Whit . . . whit . . . whit are ye daein?" spiered Da.

"The Duchess and I are haein a bath, jist as young Chloe suggestit."

At that moment the Duchess appeart oot o the clatty depths, happit in weeds. As if it wisnae enough that he wis haein a bath in a pond, Mr Mingin had tae share it wi his dug as weel. Efter twa-three moments the Duchess sclimmed oot o the pond, leain a muckle bleck layer o scum floatin on the watter. She shook hersel dry and Chloe gawked at her in surprise. It turnt oot she wisnae a wee bleck dug efter aw, but a wee white yin.

"Mr Ploom, sir?" said Mr Mingin. "Wid ye be sae awfie kind and gie me that touel? Thank you awfie muckle. Ah! I'm as clean as a whustle noo!"

16

Rule Britannia

Mither snowked the air. And snowked it again. Her neb runkled wi pure scunner.

"Are ye sure ye had a bath, Mr Mingin?" she spiered, as Da drove aw the faimlie and Mr Mingin tae the television studio.

"Aye, I did, Madam."

"Weel, there is an unco reek o pond in this caur. And dug," pronoonced Mither fae the front seat.

"I think I'm gonnae cowk," pronoonced Annabelle fae the back seat.

"I've telt ye afore, darlin. We dinnae say

174

'cowk' in this faimlie," correctit Mither. "We say we are feelin nauseous."

Chloe sleekitly opened the windae, sae she widnae hurt Mr Mingin's feelins.

"Dae you mind if we keep the windae shut?" spiered Mr Mingin. "I'm a wee bit cauld."

The windae gaed up again.

"Thank you awfie muckle," said Mr Mingin. "Sic undeemous kindness."

They stapped at some traffic lichts and Da raxed oot for yin o his haurd rock CDs. Mither skelped his haun, and he pit it back on the steerin wheel. She then pit her favourite CD on the caur stereo, and the auld couple in the nixt caur keekit at the Ploom faimlie wi an unco look on the fizzogs as 'Rule Britannia' cam beltin oot o the caur.

"Mmm, naw naw naw, that winnae dae at

aw . . ." said the TV producer as he studied Mr Mingin. "Can we pit some clart on him? He doesnae look tinkie enough. Mak-up? Whaur's the mak-up?"

A wummin wi faur ower muckle mak-up on appeart fae aroond a corridor, chawin a croissant and haudin a pouder-puff.

"Darlin, hiv ye got ony clart?" spiered the producer.

"Come this wey, Mr . . .?" said the mak-up wummin.

"Mingin," said Mr Mingin proodly. "Mr Mingin. And I'm gaun tae be on the television the nicht."

Mither glowered.

Chloe, Annabelle and Da were led tae a wee room wi a television, hauf a bottle o warm white wine and some foostie crisps, tae watch the programme bein broadcast live.

The thunnerous title music sterted, there wis poleet applause fae the audience and the bigheidit pompous-lookin presenter, Sir David Skoosh addressed the camera. "The nicht on *Question Time* it's an election special. We hae representatives fae aw the major poleetical pairties, and as weel as that we hae a tink that caws himsel Mr Mingin. Weelcome tae the programme, awbody."

Awbody aroond the table noddit, apairt fae Mr Mingin wha proclaimed loodly, "May I say whit a delicht it is for me tae be on yer programme the nicht?"

"Thank you," said the presenter, a bit taen aback.

"Bein hameless I hae never seen it," said Mr Mingin. "In fact, I hae absolutely nae idea wha you are. But I'm sure you are unbelievably kenspeckle. Please cairry on, Sir Donald."

The audience lauched uncertainly. Mither looked bealin. The presenter hoasted nervously and tried tae continue.

"Sae the first question the nicht . . ."

"Are ye wearin mak-up, Sir Declan?" spiered Mr Mingin aw innocent.

"A wee bit, aye. For the lichts."

"Ah, for the lichts," said Mr Mingin.

"Foondation?"

"Aye."

"Ee liner?"

"A bittie."

"Lip-gloass?"

"A daud."

"Looks guid. I wish I had some on the noo. Blusher?"

The audience snichered throughoot this exchynge. Sir David flitted on rapidly. "I should explain that Mr Mingin is here the nicht as he has been invitit tae bide wi Mrs Ploom . . ."

"Pluuuuuummmm," correctit Mither.

"Och," said Sir David. "I dae apologise. We checked the pronoonciation wi yer husband, and he said it wis Ploom."

Mither turnt reid wi embarrassment. Sir David keekit back at his notes. "Later in the programme," he said, "we will be discussin the difficult topic o hamelessness."

Mr Mingin pit his haun up.

"Aye, Mr Mingin?" spiered the presenter.

"Can I jist nip oot tae the cludgie, Sir Duncan?"

The audience lauched looder this time.

"I should hae went afore we sterted, but I got the mak-up wummin tae dae ma hair and it took ages. Dinnae get me wrang, I am up tae high doh wi the results; she gied me a waash and blaw-dry. They even pit somethin cawed gel in it, but I didnae get a chaunce tae go tae the shunkie."

"Sure, if ye need tae gang, gang . . ."

"Thank you awfie, awfie muckle," said Mr Mingin. He rose tae his feet and stertit tae shauchle aff the set. "This shouldnae tak lang, I think it's jist a Nummer Yin."

The audience yowled again wi lauchter. In the wee room wi the foostie crisps and the television Chloe and Da were lauchin tae. Chloe keeked at Annabelle. She wis tryin no tae lauch, but a smile wis definitely creepin across her coupon.

"Awfie sorry!" exclaimed Mr Mingin as he crossed the stage again in the ither direction. "I'm telt the cludgie's this wey . . .!"

17

Cowped Bouffant

"And that's hoo I feel there should be a curfew on aw people unner thirty." Mither wis in fu flow noo, and she smiled as she received a tottie bit o applause for this comment fae the people ower thirty in the audience. "They should aw be in their beds by eicht o'clock at the latest . . ."

"Sorry I wis a whilie," said Mr Mingin as he daunered back on tae the set. "I thocht it wis jist a Nummer Yin, but while I wis staundin there I suddently got the urge tae dae a Nummer Twa."

The audience brust intae lauchter, some even clappin in delicht as this serious programme descendit intae a discussion o an auld tink's cludgie habits. "I mean, I usually dae ma Nummer Twas in the mornins, atween 9:07 and 9:08, but I had an egg piece backstage afore I come on the programme the nicht. I dinnae ken if you made the pieces, Sir Derek?"

"Naw, I dinnae mak the pieces, Mr Mingin. Noo please can we get back tae the question o curfews for young—"

"Weel, it wis a braw piece, dinnae get me wrang," said Mr Mingin. "But egg can sometimes mak me want tae go. And I dinnae ayewis get that lang o a warnin, especially at ma age. Dae ye ever hae that problem, Sir Doris? Or dae you hae the bahookie o a faur younger man?"

Anither muckle swaw o lauchter crashed ontae the stage. In the foostie crisps room even Annabelle wis lauchin noo.

"We are here tae discuss the serious topics

o the day, Mr Mingin," continued Sir David. His fizzog wis reider than reid wi anger as his serious poleetical programme, a programme he had presentit for forty heid-numbin years, wis rapidly turnin intae a comedy show starrin an auld tink. The audience wis lappin it up though, and booed Sir David a wee bit as he tried tae steer the programme back tae politics. He shot them a steely glower afore turnin tae the programme's new star. "And ma name is Sir David. No Sir Derek, or Sir Doris. *Sir David*. Noo, let's move on tae the question o hamelessness, Mr Mingin. I hae a statistic here that says there are ower a hunner thoosand hameless folk in the UK the day. Why dae you think sae mony folk are livin on the streets?"

Mr Mingin cleared his thrapple. "Weel, if I may be sae bold, I wid say that pairt o the problem comes fae the fact we are seen as statistics raither than people." The audience applaudit and Sir David leaned forrit wi interest. Mibbe Mr Mingin wisnae the cloon he had taen him for.

"We aw hae different reasons for bein hameless," continued Mr Mingin. "Ilka hameless buddie has a different story tae tell. Mibbe if folk in the audience the nicht, or oot there watchin at hame, stapped tae hae a *blether* wi the hameless folk in their toun, they wid realise that."

The audience wis applaudin even looder noo, but Mrs Ploom lowped in. "That's whit I did!" she exclaimed. "I jist stapped tae talk tae this tink yin day and then invitit him tae cam and bide wi ma faimlie. I've aye pit ithers afore masel. I suppose that's ayewis been ma doonfaw," she said, tiltin her heid tae the side and smilin at the audience as if she wis an angel sent doon fae heiven.

"Weel, yon's no really true is it, Mrs Ploom?" said Mr Mingin.

There wis silence. Mither gowked at Mr Mingin in horror. The audience shiftit excitedly in their seats. Da, Annabelle and Chloe aw leaned forrit closer tae the television. Even Sir David's moustache twitched ablow his neb in anticipation.

"I dinnae ken whit ye mean, ma verra close pal and eh, eh, awfie guid freend . . ." floondered Mrs Ploom.

"I think ye dae," said Mr Mingin. "The truth o it is, it wisnae *you* that invitit me in, wis it?"

Sir David's een lichted up. "Then wha *did* invite ye tae stey wi the Ploom faimlie, Mr Mingin?" he spiered, yince mair back in chairge.

"Mrs Ploom's dochter, Chloe. She's ainly twal year auld but she's an absolutely mervellous lassie. Yin o the sweetest, kindest folk I hae ever met."

These words fell on Chloe like a muckle great AYE. Then awbody in the foostie crisps room looked ower at her and she turnt aw reid wi embarrassment. She hid her face in her hauns. Da clapped her back proodly. Annabelle pretendit no tae be interestit, and stuck anither foostie crisp in her gub.

"She should really cam oot here and tak a bow," annoonced Mr Mingin.

"Naw, naw, naw," snashed Mither.

"Naw, Mrs Ploom," said Sir David. "I think we'd aw like tae meet this byordinar wee lassie."

The audience applaudit his suggestion. But Chloe felt glued tae her seat. She didnae even like staundin up in front o her cless at the schuil. There wis nae wey she wantit tae be on television in front o millions o folk!

Whit wid she say? Whit wid she dae? She didnae ken ony tricks. This wis gonnae be the maist embarrassin moment o her life, even warse than when she boaked up her macaroni cheese aw ower Miss Spratt in the language lab. But the applause wis gettin looder and looder, and eventually Da taen her haun and gently poued her tae her feet.

"Are ye feelin a bittie nervous?" whuspered Da.

Chloe noddit.

"Weel, ye shouldnae be. Ye're a fantastic lassie. Ye should be prood o whit ye've done. Noo come on. Enjoy yer moment in the spotlicht!"

Haun in haun they raced doon the corridor towards the set. Jist oot o sicht o the cameras Da let go o her haun, and gied her a supportive smile as she stepped oot intae the licht. The audience applaudit loodly. Mr Mingin beamed ower at her, and she tried tae beam back. Mither wis the ainly person that wisnae clappin, sae Chloe's een were drawn tae her. Chloe tried tae meet her gaze, but Mither turnt her heid shairply the ither wey. This made Chloe even mair unsure o hersel, and she tried tae dae a curtsy but didnae really ken hoo tae dae it, and then ran aff the stage, back intae the safety o the foostie crisps room.

"Whit a braw bairn," said Sir David. He turnt tae Mither. "Noo I hae tae spier ye this, Mrs Ploom. Why did ye lee? Wis it jist tae further yer ain poleetical ambitions?"

The ither guests fae rival poleetical pairties looked at Mrs Ploom and shook their heids. As if *they* wid ever dream o daein onythin sae sleekit! Mither sterted tae swite. Her hair lacquer began tae melt and her mak-up ran slowly doon her fizzog. Da, Chloe and Annabelle sat and watched her floonderin, no able tae help.

"Weel, as if onybody wid want that auld tink in their hoose," she shouted finally. "Look at him! Yous lot watchin this at hame cannae smell him, but tak it fae me, he is bowfin. He reeks o clart and swite and oxters and pond and dug.

I wish that this muckle mingin minger wid jist ming aff oot o ma hame forever!"

There wis shoacked silence for a meenit. Then the boos sterted, gettin looder and looder. Mither looked at the audience in a panic. At that moment her bouffant cowped in on itsel.

18

Rabbit Droappins

"WE WANT MINGIN! WE WANT MINGIN!"

Chloe keeked through a slap in the curtains. There wis a muckle crood o people ootside their hoose. News reporters, camera crews, and hunners and hunners o local folk wavin bits o cairdboard embleezoned wi slogans.

Mr Mingin's appearance on television the nicht afore had obviously had a muckle effect on folk. Owernicht he'd gane fae bein an unkent mingin tink tae a warld famous mingin tink.

Chloe pit on her dressin goun and raced doon tae the shed.

"Is it time for Lily tae meet the flesh-scrannin zombie dominies?" spiered Mr Mingin as she come in.

"Naw, naw, naw, Mr Mingin! Can ye no hear the croods ootside?!"

"I'm sorry, I cannae hear properly," he said. "Here, I foond these rabbit droappins in the gairden. They mak braw plugs for yer lugs." He popped oot twa wee broon pellets as Chloe looked on wi an unco mixter-maxter o scunner and admiration at his ingenuity. For those o ye wha micht find yersel oot in the wild and in need o plugs for yer lugs, jist follae this easy step-by-step guide.

Fig A

Find a freendly rabbit.

Fig B

Hing on patiently tae it deposits some o its droappins for ye.

Fig C

Fig D

Insert yin in ilka lug. Mair muckle lugs will require mair muckle droappins and possibly even a mair muckle rabbit.

Enjoy a braw nicht's sleep speyled ainly by the honk o rabbit keech.

The Duchess sniffed at the droappins in the vain hope they micht be a couple o Maltesers or at the verra warst some o Raj's hatit coffee Revels, but quickly turnt up her neb when she realised they werenae sweeties but keech – and gaed back tae her makshift basket.

"Yon's better," said Mr Mingin. "Ye ken, I had an awfie unco dream last nicht, Miss Chloe. I wis on television discussin aw the important issues o the day! Yer mither wis there and aw! It wis a hoot!"

"That wisnae a dream, Mr Mingin. That really happent."

"Och, naw," said the tink. "Mibbe it wisnae sae funny efter aw."

"It *wis* a hoot, Mr Mingin. You were the star o the show. And noo there's hunners o folk camped ootside the hoose."

"Whit in the name o the wee man dae they want, bairn?"

"You!" said Chloe. "They want tae interview ye I think. And some folk want you tae be the Prime Meenister!"

The crood wis gettin looder and looder noo. "WE WANT MINGIN! WE WANT MINGIN! WE WANT MINGIN!"

"Och help ma kilt, aye I can hear them. They want me for Prime Meenister, ye say? Ha ha! I'll hae tae mind tae appear on television mair aften! Mibbe they'll mak me king nixt tae!"

"Ye'd better get up, Mr Mingin. Noo!"

"Aye, coorse, Miss Chloe. Richt, I want tae look smairt for aw ma fans."

He footered aroond the shed sniffin at his claes and pouin a scunnered face. *If even he thinks they're mingin*, thocht Chloe, *they must be howlin.*

"I could pit some claes on a quick waash and dry for ye," she offered hopin he'd agreed tae it.

"Naw, thank you, ma dear. I dinnae think waashin machines are hygienic. I'll jist get the Duchess tae chaw some o the clattiest stains oot."

He howked through a bing o his claes and poued oot a pair o spectacularly clart-cakit broon troosers. Whether they had been broon when they sterted their life wis onybody's guess. He flung them tae the Duchess, wha sterted her joab as a reluctant dry cleaner and stertit chawin awa at the stains.

Chloe cleared her thrapple. "Um ... Mr Mingin. Ye said on the TV programme hoo ilka hameless buddie has a different story tae tell. Weel, can ye tell me yer ain story? I mean, hoo did ye end up on the streets?"

"Why dae ye think, ma dear?"

"I dinnae ken. I've got millions o theories. Mibbe ye were abandoned in a widd as a bairnie and raised by a pack o wolves?"

"Naw!" he keckled.

"Or I reckon ye were a warld-famous rock star that faked yer ain deeth because ye couldnae haunnle aw the adulation."

"I wish I wis."

"Awricht then, ye were a tap scientist that inventit the maist pouerfu bomb in the warld and then, realisin it could herm folk, ye run awa fae the airmy."

"Weel, those are aw gey imaginative guesses," he said. "But I am sorry, nane o them are richt. Ye're no even close, I'm afraid."

"I didnae think sae."

"I will tell ye when the time is richt, Chloe."

"Promise?"

"I promise. Noo please gie me a couple o meenits, ma dear. I hae tae get ready tae meet ma public!"

19

Superminger

"I AM NO APOLOGISIN TAE HIM!"

"YE HUV TAE!"

Mr Mingin sat at the heid o the kitchen table readin aw aboot himsel in the newspapers as Chloe stood at the stove fryin some sassidges for him. Her parents were fechtin in the nixt room. It wisnae a conversation that their guest wis meant tae hear, but they were that angry their voices were becomin looder and looder.

"BUT HE IS HONKIN!"

"I KEN HE'S HONKIN BUT YE DID-

NAE NEED TAE SAY IT ON NATIONAL TELEVISION."

Chloe smiled ower at Mr Mingin. He looked sae engrossed in aw the heidlines, 'Superminger!', 'Clingin Superstar Chores the Show!', 'Hameless Man Saves Haunless Election', that he appeart no tae be listenin. Or mibbe he'd pit his rabbit keech lug-plugs back in.

"OBVIOUSLY NO!" shouted Mither. "LAST NICHT I HAD ANITHER CAW FAE THE PRIME MEENISTER TELLIN ME I HAE GIEIN THE PAIRTY A RICHT SHOWIN UP AND HE WANTS ME TAE WITHDRAW AS A CANDIDATE!"

"GUID!"

"WHIT DAE YE MEAN 'GUID'?"

"THE HAILL THING HAS TURNT YOU INTAE A MOANSTER!" shouted Da.

"WHIT?! I AM NO A MOANSTER!"

"AYE, YE ARE! MOANSTER! MOAN-
STER! MOANSTER!"

"HOO DAUR YE?!" skraiked Mither.

"GET OOT AND APOLOGISE TAE
HIM!"

"NUT!"

"APOLOGISE!"

For a moment aw ye could hear wis the soond
o sassidge fat and lard in the fryin pan. Then,
slowly, the door opened and Mither creepit like
creesh intae the room. Her bouffant still wisnae
itsel. She hesitatit for a moment. Her husband
appeart in the doorwey and gied her a crabbit
look. She did a wee theatrical coaff.

"Haw-hum . . . Mr Mingin?" she sterted.

"Aye, Mrs Ploom?" replied Mr Mingin wioot
keekin up, poorin ower the papers.

"I wid like tae say . . . sorry."

"Whit for?" he spiered.

"For whit I said aboot ye on *Question Time* last nicht. Aboot you reekin o aw thae things. It wis impoleet."

"Thank you awfie muckle, Mrs . . ."

"Caw me Janet."

"Thank you awfie muckle, Janet. It *wis* raither hurtfu as I dae tak great pride in ma personal hygiene. Indeed I had a bath jist afore the programme."

"Weel, ye didnae really hae a *bath*, did ye? Ye had a *pond*."

"Aye, I suppose ye're richt. I did hae a pond. And if it's awricht wi you, I'll hae anither 'pond' nixt year, sae I can stey bonnie and clean."

"But ye're no clean, you are ming—" began Mither.

"Caw canny!" interruptit Da loodly.

"You dinnae ken this," said Mither tae Mr Mingin. "But efter whit I said on *Question Time* last nicht I hae been telt by the Prime Meenister tae pou oot o the election."

"Aye, I ken. I heard you and yer husband argle-barglin in the front room jist a meenit ago."

"Oh," said Mither, loast for words which wisnae like her.

"The sassidges are ready!" said Chloe, tryin tae save her Mither fae mair humiliation.

"I'd better get aff tae ma wark noo, love," said Da. "I dinnae want tae be late."

"Aye, aye," said Mither wavin him awa wioot lookin at him. He sleekitly picked up a couple o bits o breid and slippit them intae his poacket on the wey oot. Chloe heard the front door loodly open and shut, and then the door tae the room unner the stairs awfie quietly open and shut tae.

"Jist seeven sassidges the day please, Miss

Chloe," said Mr Mingin. "I dinnae want tae be pittin on the beef. I hae tae think o ma fan base."

"Fan base?!" said Mither in a barely guised jealous rage.

The telephone, which had been hunkerin on a table daein hee-haw, suddenly sang its wee sang. Chloe picked it up. "Pluuuum residence. Wha's speakin please ...? It's the Prime Meenister!"

Mither's fizzog lit up wi hope, and even her bouffant seemed tae staund up a wee bittie. "Och aye! I kent ma darlin Dave wid chynge his mind!"

"He's actually wantin tae speak tae Mr

Mingin," continued Chloe. Mither's smile turnt upside doon.

Mr Mingin picked up the receiver wi a gallusness that suggestit he wis used tae gettin caws fae warld leaders. "Mingin here. Aye? Aye? Och aye . . . ?"

Maw and Chloe studied his fizzog like a map, tryin tae read fae his reactions whit the Prime Meenister wis sayin.

"Aye, aye, aye. Weel, aye, thank you, Prime Meenister."

Mr Mingin pit doon the receiver and sat back at the table tae cairry on his noo daily darg o readin aboot himsel in the papers.

"*Weel*?" spiered Chloe.

"Aye, weel?" said Mither loodly.

"The Prime Meenister has invitit me for ma tea tae Nummer Ten Doonin Street the day," said Mr Mingin, aw maitter-o-fact. "He wants me tae tak ower fae you, Mrs Ploom, as the local candidate. Can I get thae sassidges noo please, Chloe?"

20

Clatty Cludgie Roll

"Hooooorrrraaaaayyyyyy!" There wis a muckle cheer as Mr Mingin appeart at the windae up the stair. Aw he had tae dae wis staund and wave and the crood raired their approval. The cameras aw zoomed in and the microphones leant forrit. Yin wife even held up her bairnie sae the wean could catch sicht o this new star. Chloe stood a wheen paces ahint Mr Mingin, watchin like a prood parent. She hadnae enjoyed bein on the television aw that muckle and preferred tae let Mr Mingin tak centre stage. He held up his haun for awbody tae wheesht. And awbody wheeshtit.

"I hae scrievit a short speech," he annoonced, afore un-rollin an awfie lang clatty roll o cludgie paper and readin fae it.

"First o aw, can I say hoo awfie honoured I am that you hae aw turnt oot the day tae see me?"

The crood cheered again.

"I am but a hummle stravaiger. A tinker

mibbe, definately a gaberlunzie, a street dreamer if ye like . . ."

"Och, get on wi it!" snashed Mither fae ahint Chloe.

"Wheeeesht!" wheeshed Chloe.

"But ken, I had nae idea that jist appearin on the electric televisual apparatus wid hae sic an astonishin effect. Aw I can say at this time is that I am meetin wi the Prime Meenister the day at Nummer Ten tae discuss ma poleetical future."

The crood gaed dementit.

"Thank you aw for yer undeemous kindness," he concludit, afore rollin his cludgie roll back up and disappearin fae view.

"Miss Chloe?" he said.

"Aye?" she answered.

"If I am meetin the Prime Meenister I think I need a mak ower."

Chloe wisnae exactly sure whit a 'mak ower'

wis. She kent there were hunners o programmes on TV that did mak owers, but Mither didnae let her watch them. Feelin like the hackit deukie o the faimlie she didnae hae ony mak-up o her ain either, sae, no sure she'd say 'aye, nae problem' or 'nut, git loast', she chapped on her wee sister's door tae see if she could get a len o some. Annabelle had drawers fu o the stuff. She ayewis wantit and got it for her birthday and her Christmas, as she liked nothin mair than paintin it aw on and performin her ain wee beauty pageants in front o her bedroom mirror.

"Is he no awa yet?" spiered Annabelle.

"Naw, he's no. Mibbe if ye bothered tae talk tae him ye wid find oot whit a braw person he is."

"He reeks."

"Sae dae you," said Chloe. "Noo, I need a len o some o yer mak-up."

"Hoo? Ye dinnae wear mak-up. Ye're no bonnie, sae there's nae point."

For a moment Chloe entertained a nummer o fantasies whaur her wee sister met ugsome ends. Dooked intae a pool fu o piranhas mibbe? Abandoned in the Arctic wastes in her unnerwear? Stappit fu o marshmallows until she explodit?

"It's for Mr Mingin," she said, filin awa aw thae fantasies for a later date.

"Nut! Git loast!"

"I'm gonnae tell Mither wha's been secretly scoffin her Bendicks chocolate mints."

"OK, whit dae ye need?" replied Annabelle in a hertbeat.

Efter, Mr Mingin sat on a upturnt plant poat in the shed as the twa lassies flitted roond him.

"Dae ye think I look awricht?" he spiered.

Unexpectedly enjoyin hersel, Annabelle
had gane a wee bit daft. Did Mr Mingin really
need pink glistery, electric-blue ee liner, purpie
ee shadda and orange nail varnish tae gang and
meet the Prime Meenister?

"Eh . . ." said Chloe.

"Aye, ye look braw, Mr Mingin!" said
Annabelle, as she papped a butterflee hair-clip

intae his hair. "This is hunners o fun! It's the best Christmas Eve ever!"

"Are you no meant tae be chantin carols in the kirk noo or somethin?" spiered Chloe.

"Aye, but I hate it. It's sae borin. This is hunners mair fun." Annabelle looked thochtfu. "Ken, it's pure mince sometimes daein aw thae glaikit hobbies and sports and guff."

"Sae why dae ye dae them then?" spiered Chloe.

"Aye, why dae ye dae them, dear?" chipped in Mr Mingin.

Annabelle looked bumbazed. "I dinnae really ken. I suppose it's tae mak Mither happy," she said.

"Yer Mither will no be truly happy if you arenae. Ye need tae find the things that mak *you* happy," said Mr Mingin wi authority. It wis haurd tae tak him seriously though, wi aw that

slaisterins o blue and orange and purpie mak-up
ower his face.

"Weel ... this efternoon made me happy,"
said Annabelle. She smiled at Chloe for the first
time in years. "Hingin oot wi *you* has made me
happy."

Chloe smiled back, and they nervously held
each ither's gaze for a moment.

"Whit aboot me?" demandit Mr Mingin.

"You as weel!" lauched Annabelle. "Ye
actually get used tae the honk efter a while," she
whuspered tae Chloe, wha wheeshed her and
smiled.

Aw o a sudden the shed shoogled violently.
Chloe rushed tae the door and opened it tae
see a helicopter hoverin owerheid. Engine
whirrin, it cam slowly doon tae land in their
gairden.

"Och, aye. The Prime Meenister said he wid

be sendin yon tae pick us up," annoonced Mr Mingin.

"Us?" said Chloe.

"Ye didnae think I wis gonnae go wioot ye, did ye?"

21

Weet Wipe

"Why dae you no come as weel?" shouted Chloe tae Annabelle ower the thunnerin noise o the blades.

"Naw, this is your day, Chloe," her wee sister yelloched back. "This is aw because o you. And onywey, that helicopter's tottie. It'll totally *guff* in there . . ."

Chloe grinned and waved guidbye as the helicopter slowly ascendit, flettenin maist o the plants and flooers in the gairden as it did sae. Mither's bouffant daunced aroond her heid like candyfloass on a gurlie day at the seafront as she tried tae haud it doon. The bawdrins Elizabeth got blawn across the lawn. She tried desperately tae cling on tae the gress wi her clooks. But in spite o meowin for mercy the wund fae the blades wis jist ower strang and she shoat across the gairden like a furry cannonbaw and landit in the pond.

Plowp!

The Duchess looked doon fae the helicopter windae, smirklin.

As they gaed up and up and up Chloe saw her hoose, and her street, and her toun get smawer and smawer. Soon the postal districts were laid oot ablow her like squares on a chessboard. Whit a byordinar thrill it wis. For the first time in her life, Chloe felt like she wis at the centre o the warld. She keeked ower at Mr Mingin. He wis gettin re-acquaintit wi a toffee dainty that, fae the looks o it, had been in his trooser poacket since the late 1950s. Apairt fae his jaw warkin desperately tae chaw the auncient sweetie he looked perfectly relaxed, as if takkin a helicopter ride tae see the Prime Meenister wis somethin he did aw the time.

Chloe smiled ower at him, and he smiled back wi that special glister in his ee that awmaist made ye forget hoo bad he smelled.

Mr Mingin chapped the pilot on the shooder. "Are ye gaun tae be comin roond wi a trolley service at ony point?" he spiered.

"It's jist a short flicht, sir."

"Ony chaunce o a cup o tea and a bun then?"

"I'm awfie sorry, sir," replied the pilot wi a firmness that suggestit this conversation wis feenished.

"Awfie disappointin," said Mr Mingin.

Chloe recognised the door o Nummer Ten Doonin Street, because it wis aye on thae borin poleetical programmes she wis allooed tae watch on Sunday mornins. It wis muckle and bleck and ayewis had a polisman staundin ootside. She thocht, *If I jined the polis I wid want tae be aff huntin bad yins, no staundin ootside a door aw day thinkin aboot whether or no I wis gonnae hae spaghetti hoops for ma tea.* But she wicely kept that thocht tae hersel as the polisman opened the door for them wi a smile.

"Please tak a seat," said a perjinkly dressed butler snootily. The staff at Ten Doonin Street were used tae playin host tae royalty and warld leaders, no a wee lassie, a transvestite tink and his dug. "The Prime Meenister will be wi ye in the now."

They were staundin in a muckle aik-panelled room wi dizzens o gowd-framed ile pentins o soor-faced auld men glowerin doon at them fae the waws. The tinsel roond the frames didnae dae muckle tae cheer up their crabbit auld coupons. Aw o a sudden, the double doors flew open and a herd o men in suits chairged towards them.

"Guid efternoon, Mr Minger!" said the Prime Meenister. Ye could tell he wis the boass as he wis walkin at the heid o the herd.

"It's jist Mingin, Prime Meenister," correctit yin o his advisors.

"Hoo it's gaun, pal?" said the Prime Meenister, tryin tae tone doon his poashness. He offered oot his perjinkly manicured and moisturised wee haun for Mr Mingin tae shak. The tink offered his ain roch muckle clarty haun and, lookin at it, the Prime Meenister wheeched his back, and gied his new best freend a freendly punch in the shooder insteid. He then keeked at his knuckles and noticed they had some clart on them.

"Weet wipe" he demandit. "Noo!"

A man at the back o the herd hurriedly come up wi a weet wipe and it was passed forrit tae the Prime Meenister. He quickly dichted his haun wi it afore flingin it ower his shooder for the man at the back tae catch.

"Pleased tae meet ye tae, Mr Prime Meenister," said Mr Mingin, no verra pleased at aw.

"Caw me Dave," said the Prime Meenister. "Jings, he reeks like a cludgie," he whuspered tae yin o his advisors.

Mr Mingin looked at Chloe, hurt, but the Prime Meenister didnae notice. "Sae, ye were a muckle big hit on *Question Time*, ma hameless freend," he continued. "Whit a lauch it wis. Ha ha ha!" He dichted awa a non-existent tear o lauchter fae his ee. "I think we could use ye."

"*Use* him?" spiered Chloe suspeeciously.

"Aye, aye. It's nae secret it's no lookin braw for me in the election. Ma approval ratin wi the public richt noo is . . ."

Yin o the herd hastily opened a folder and there wis a lang pause as he wheeched through pages and pages o information.

"No verra guid."

"No verra guid. Richt. *Thanks*, Perkins," said the Prime Meenister sarcastically.

"It's Broonlaw."

"Whitever." The Prime Meenister turnt back tae Mr Mingin. "I think if we got you, a real life tink, tae tak ower fae Mrs Ploom as candidate it could be brilliant. It's faur ower late tae bring in onybody else noo, and you wid be the ideal last-meenit replacement. Ye're jist sae *funny*. I mean, tae lauch *at*, no really wi."

"Excuse me?" said Chloe, feelin gey protective o her freend noo.

The Prime Meenister jist dinghied her. "It's genius! It really is. If you jined the pairty it wid trick the public intae thinkin we *cared* aboot the hameless! Mibbe yin day I could even mak you Meenister for Soap-Joukers."

"Soap-Joukers?" said Mr Mingin.

"Aye, ye ken, the hameless."

"Richt," said Mr Mingin. "And as Meenister for the Hameless, I wid be able tae help ither hameless folk?"

"Weel, naw," said the Prime Meenister. "It widnae *mean* onythin, jist mak me look like a freendly gadgie that loves tinks. Weel, whit dae ye say, Mr Manky Ming?"

Mr Mingin looked awfie ill at ease. "I dinnae ... I mean ... I'm no sure—"

"Are ye *kiddin* me on?" lauched the Prime Meenister. "Ye're a tink! Ye cannae hae onythin better tae dae!"

The suitit herd lauched tae. Suddently Chloe had a flashback tae the schuil. The Prime Meenister and his aides were cairryin on exactly like the gang o mean lassies in her year. Aye faikin aboot for words, Mr Mingin looked ower tae her for help.

"Prime Meenister ...?" said Chloe.

"Aye?" he answered wi an expectant smile.

"Ye can stick it up yer big fat bahookie!"

"Ye taen the words richt oot o ma mooth, lass!" keckled Mr Mingin. "Guidbye, Prime Meenister, and Merry Christmas tae ye aw!"

22

Lang Lion Days

Chloe and Mr Mingin didnae get a hurl hame on the helicopter. They werenae invitit. They had tae tak the bus insteid.

As it wis Christmas Eve, the bus wis stappit fu wi folk and ye couldnae see maist o them unner the moontains o pokes fu o shoappin. As Chloe and Mr Mingin sat aside each ither on the tap deck, the bare brainches o trees scarted against the clatty windaes.

"Did ye see the look on his fizzog when ye telt him tae stick it up his . . .?" exclaimed Mr Mingin.

"I cannae believe I did that!" said Chloe.

"I'm sae gled ye did," said Mr Mingin. "Thank you sae muckle for stickin up for me."

"Weel, you stuck up for me wi that awfie Rosamund!"

"'Stick it up yer bahookie!' Whit a beezer! Though I micht hae said somethin faur mair coorse! Ha ha!"

They lauched thegither. Mr Mingin raxed intae his trooser poacket tae pou oot a clarty auld hankie tae dry his tears o joy. As he pit the hankie tae his face, Chloe spottit that a label had been sewn ontae it. Keekin closer, she saw that the label wis made o silk, and a name wis embroidert on it . . .

"Lord . . . Darlington?" she read.

There wis silence for a meenit.

"Is that *you*?" said Chloe. "Are ye a lord?"

"Naw . . . naw . . ." said Mr Mingin. "I'm jist

a hummle tink. I got this hankie . . . fae a jummle sale."

"Can I see yer siller spuin then?" said Chloe saftly.

Mr Mingin gied a resigned smile. He raxed intae his jaiket poacket and slowly taen oot the spuin, then haundit it tae her. Chloe turnt it ower in her hauns. Lookin at it up close, she realised she'd been wrang. It wisnae three letters engravit on it. It wis a singil letter on a crest, held on ilk side by a lion.

A singil capital letter D.

"Ye *are* Lord Darlington," said Chloe. "Let me see that auld photie again."

Mr Mingin cannily poued oot his auld bleck and white photie.

Chloe studied it for a wheen saiconts. It wis jist as she minded. The braw young couple, the Rolls Royce, the stately hame. Ainly noo, when she keeked at it, she could see the resemblance atween the young man in the photie and the auld man aside her. "And that's you in the pictur."

Chloe held the photie delicately, kennin she wis haunnlin somethin precious. Mr Mingin looked faur younger, especially wioot his baird and aw the clart. But his een were spairklin. There wis nae doot aboot it. It wis him.

"The gemme's a bogey," said Mr Mingin. "That *is* me, Chloe. A lifetime langsyne."

"And wha's this lady wi ye?"

"Ma wife."

"Yer wife? I didnae ken ye were mairried."

"Ye didnae ken I wis a lord, either, did ye?" said Mr Mingin.

"And that must be yer hoose then, Lord Darlington," said Chloe, pointin tae the stately hame staundin ahint the couple in the photie. Mr Mingin noddit. "Weel then, hoo come ye're hameless noo?"

"It's a lang story, ma dear," said Mr Mingin wi a sech.

"But I want tae hear it," said Chloe. "Please? I've telt ye aw aboot ma life. And I've aye wantit tae ken your story, Mr Mingin, ever since I first saw ye. I ayewis kent ye must hae a fascinatin tale tae tell."

Mr Mingin taen a braith. "Weel, I had it aw, lass. Mair siller than I could ever spend, a bonnie hoose wi its ain loch. Ma life wis like an enless simmer. Croquet, tea on the lawn, lang lion days spent playin cricket. And tae mak things even mair perfect I mairried this bonnie, smairt, funny, adorable wummin. Ma bairnhood sweethert, Violet."

"She is bonnie."

"Aye, aye, she is. She wis. Unutterably sae. We were awfie happy, ye ken."

It wis aw sae obvious tae Chloe noo. The wey Mr Mingin had been sae skeelie boolin the screwed up bit o paper intae the bin, his siller monogrammed cutlery and his perjink table mainners, his insistence on walkin on the ootside o the pavement, the wey he had decoratit the shed. It wis true. He wis *super*-poash.

"Soon efter that photie wis taen Violet became pregnant," continued Mr Mingin. "I couldnae hae been mair thrilled. But yin nicht, when ma wife wis eicht months pregnant, ma chauffeur drove me tae London tae hae denner wi a group o ma auld freends fae schuil at a gentlemen's club. It wis jist afore Christmas, actually. I steyed late intae the nicht, selfishly drinkin and talkin and smokin cigars . . ."

"Whit dae ye mean, selfishly?" said Chloe.

"Because I shouldnae ever hae left ma wife on her ain. We were caucht in a snawstorm on the wey hame. I didnae get back until jist afore daw o day, and foond that the hoose wis in a bleeze . . ."

"Och naw!" cried Chloe, no sure if she could bear tae hear the lave o the story.

"A piece o coal must hae fawn oot o the fireplace in oor bedroom, and set the cairpet alicht as she slept. I ran oot o the Rolls and wadit through the deep snaw. Desperately I tried tae fecht ma wey intae the hoose, but the fire brigade widnae let me. It taen five o them tae haud me back. They tried their best tae save her but it wis ower late. The roof cowped in. Violet didnae staund a chaunce.

"Oh ma Gode!" Chloe sabbed.

Tears filled the auld tink's een. Chloe didnae ken whit tae dae. Dealin wi emotions wis a new thing tae her, but tentatively she raxed oot her haun tae comfort him. Time seemed tae slow doon as her haun raxed his. This made the tears flow even mair, and he shoogled wi hauf a century o pain.

"If ainly I hadnae been at the club that nicht, I could hae saved her. I could hae held her aw nicht, made her feel safe and warm. She widnae hae needit the fire. Ma darlin, darlin Violet." Chloe squeezed his clarty haun ticht.

"Ye cannae blame yersel for the fire."

"I should hae been there for her. I should hae been there . . ."

"It wis an accident," said Chloe. "Ye hae tae forgie yersel."

"I cannae. I cannae ever."

"Ye're a guid man, Mr Mingin. Whit happent wis an awfie accident. Ye hae tae believe that."

"Thank you, lass. I shouldnae really greet. No on public transport." He sniffed, and gaithered himsel thegither a wee bit.

"Sae," said Chloe, "hoo did ye end up livin on the streets?"

"Weel, I wis hertbroken. Utterly inconsolable. I had loast ma unborn bairn and the wummin I loved. Efter the funeral I tried tae gang back tae bide in the hoose. I steyed alane in a pairt o the hoose that hadnae been sae badly damaged in the bleeze. But the hoose cairried sae mony painfu mindins, I couldnae sleep. Steyin there gied me sic awfie nichtmares. I kept seein her face in the flames. I had tae get awa.

Sae yin day I sterted walkin and I never gaed back."

"I am sae sorry," said Chloe. "If ainly folk kent that..."

"Like I said on the televisual apparatus, ilka hameless buddie has a story tae tell," said Mr Mingin. "That's mines. I am sorry it doesnae involve spies or pirates or onythin like yon. Real life isnae like that, ken? And I didnae mean tae upset ye."

"Christmas must be the haurdest time for ye," said Chloe.

"Aye, aye, coorse. Christmas is an emblem o perfect happiness I find awfie haurd tae bear. It's a time when faimlies come thegither. For me it minds me o wha's no here."

The bus raxed their stap, and Chloe's airm foond a hame in Mr Mingin's as they walked towards the faimlie hoose. She wis gled tae see that aw the reporters and camera crews were awa. The funny auld tink must be auld news by noo.

"I jist wish I could mak awthin richt," said Chloe.

"But ye are makkin awthin richt, Miss Chloe. Ever since you cam and talked tae me. Ye've made me smile again. Ye've been sae kind tae me. Ye ken, if ma bairn had endit up like you, I wid hae been awfie prood."

Chloe wis sae touched she could haurdly think o whit tae say. "Weel," she said. "I ken ye wid hae made a brilliant faither."

"Thank ye, lass. Undeemous kindness."

Near the hoose, Chloe looked at it and realised somethin. She didnae *want* tae go hame. She didnae want tae bide wi her awfie Mither and hae tae gang tae that horrible poash schuil ony mair. They walked in silence for a meenit, then Chloe taen a deep braith and turnt tae Mr Mingin.

"I dinnae want tae go back there," she said. "I want tae go stravaigin wi you."

23

Plastic Snawman

"I'm sorry Miss Chloe, but ye cannae possibly cam wi me," Mr Mingin said as they stood in the drivewey.

"Why no?" protestit Chloe.

"For a million different reasons!"

"Name yin!"

"It's tae cauld."

"I dinnae mind the cauld."

"Weel," said Mr Mingin, "livin on the streets is faur ower dangerous for a young lassie like you."

"I'm near thirteen!"

"It's awfie important that ye dinnae miss schuil."

"I hate the schuil," said Chloe. "Please, please please, Mr Mingin. Let me cam wi ye and the Duchess. I want tae be a stravaiger like you."

"Ye hae tae think aboot this properly for a meenit, lass," said Mr Mingin. "Whit in the name o the wee man is yer mither gaun tae say?"

"I dinnae care," snashed Chloe. "I hate her onywey."

"I've telt ye afore, ye shouldnae say that."

"But it's true."

Mr Mingin seched. "Yer mind is made up, is it?"

"Yin hunner percent!"

"Weel, in that case, I'd better gang and talk tae yer mither for ye."

Chloe grinned. This wis superbrawguid-puredeidmagic! It wis really gonnae happen.

She wis gaun tae be free at lang last! Nae mair gettin sent early tae bed. Nae mair maths hamework. Nae mair wearin frilly yellae gounies that made her look like a sweetie oot o a boax o Quality Street. Chloe wis a hunner times mair excitit than she'd ever been in her life. She and Mr Mingin were gonnae stravaig the warld thegither, haein sassidges tae their breakfast, denner and tea, takkin baths in dubs, and clearin oot Starbucks onytime they wantit . . .

"Thank you sae awfie muckle, Mr Mingin," she said, as she pit her key in the lock for the last time.

As Chloe raced aw excitit aroond her room flingin claes and the chocolate bars she'd posed unner her bed intae her bag, she could hear faint voices in the kitchen doon the stair. *Mither'll no gie tuppence when I'm oot o here*, thocht Chloe.

She'll haurdly miss me! The ainly person she cares aboot is Annabelle.

Chloe looked roond her wee pink room. It wis streenge but she felt a kittle o fondness for it noo that she wis leavin. And she wis gonnae miss her Da, and coorse she'd miss Annabelle, and even the bawdrins Elizabeth, but a new life wis cawin her. A life o mystery and adventure. A life o makkin up bed-time stories aboot bluid-sookers and the undeid. A life o boakin in the faces o bullies!

Jist then, there wis a gentle chappin on the door. "I'm jist comin, Mr Mingin!" Chloe cawed oot, as she flung the last cheena hoolet intae her poke.

The door opened slowly. Chloe turnt aroond and peched oot lood in amazement.

It wisnae Mr Mingin.

It wis her Mither. She stood in the loabby,

her een reid fae greetin. A tear wis chasin doon her cheek and a wee plastic snawman hingin incongruously abinn her heid.

"Ma darlin Chloe," she sabbed. "Mr Mingin jist telt me ye wantit tae leave hame. Please. I'm beggin ye. Dinnae go."

Chloe had never seen her Mither look sae sad. Aw o a sudden, she felt a wee bit guilty. "I, er, jist thocht ye widnae mind," she said.

"Mind? I couldnae bear it if ye left." Mither stertin bubblin noo. This wisnae like her. It wis as if Chloe wis lookin at anither person awthegither.

"Whit did Mr Mingin say tae ye?" she spiered.

"The auld man gied me a guid tellin aff," said Mither. "Telt me hoo unhappy ye've been at hame. Hoo I had tae get ma fingir oot and be a better mither. He telt me hoo he'd loast his ain faimlie, and if I didnae watch oot, I wis gonnae loss you. I felt sae ashamed. I ken we hivnae ayewis agreed aboot things, Chloe, but I dae love ye. I really dae."

Chloe wis scunnered. She'd thocht Mr Mingin wis jist gaun tae spier if she could gang wi him, but insteid he'd got her Mither greetin. She wis bealin at him. This wisnae the plan at aw!

And jist then, Mr Mingin appeart solemnly in the doorwey. He stood jist ahint Mither.

"I'm sorry Chloe," he said. "I hope ye can forgie me."

"Why did ye say whit ye did?" she spiered, ragin. "I thocht we were gaun tae stravaig the warld thegither."

Mr Mingin smiled kindly. "Mibbe yin day ye'll stravaig the warld on yer ain," he said. "But for noo, trust me, ye need yer faimlie. I wid gie onythin tae hae mine back. Onythin."

Mither's shanks looked like they were aboot tae gie up, and she stummled towards Chloe's bed. She sat there and gret, hidin her fizzog in shame at her tears. Chloe looked at Mr Mingin silently for a lang time. Deep doon, she kent he wis richt.

"Coorse I forgie ye," she said tae him at lang last, and he smiled that ee-skinklin smile o his.

Then she saftly sat doon nixt tae her mither and pit an airm aroond her.

"And I love you as weel, Maw. Awfie much."

24

Boak boak boakity boak

It wis weel intae the nicht on Christmas Eve noo, and doon in the front room, Da waved a muckle festive assortment tin unner Mr Mingin's neb. "Wid ye like a biscuit?" he spiered.

Da had awready scranned a guid wheen, efter hidin in the room unner the stair aw day wi ainly a couple o dauds o dry breid tae keep him gaun. Mr Mingin turnt his neb up at the contents o the tin.

"Hiv ye nae foostie yins?" he spiered. "Mibbe wi jist a wee daud o mould?"

"I dinnae think sae, sorry aboot that," replied Da.

"Nae thanks then," said Mr Mingin. He clapped the Duchess, wha wis sittin on his lap, giein Elizabeth the evil ee across the coffee table. The faimlie bawdrins wis bunnled up in a touel on Annabelle's lap, aye recoverin fae her 'sweem'.

"Never mind aboot the biscuits," said Annabelle. "I want tae ken whit ye said tae the Prime Meenister's offer?"

"Chloe telt him tae stick it up his—"

"We telt him he wisnae interestit," interjectit Chloe hastily. "Sae mibbe ye can still staund as the local MP, Maw."

"Och naw, I dinnae want tae," said Maw. "No efter I humiliatit masel on television."

"But noo ye've met Mr Mingin and seen hoo ither folk live their lives ye could try tae mak things *better* for people," suggestit Chloe.

"Weel, mibbe I could try and staund again at the nixt election," said Mither. "Though I will hae tae chynge ma policies. Especially that yin aboot the hameless. I am sorry I got it sae wrang."

"And the yin aboot the unemployed, eh, Da?" said Chloe.

"Whit's this?" said Mither.

"Aw cheers, Chloe," said Da sarcastically. "Weel, I didnae want tae tell ye, but the caur factory looks like it's gonnae get shut doon soon and it had tae let maist o us go."

"Sae you are . . .?" spiered Mither incredulously.

"Unemployed, aye. Or a 'dole mink' as you micht say. I wis tae feart tae tell ye sae I've been hidin in the wee room unner the stair for the last month."

"Whit dae ye mean, ye were tae feart tae tell

me? I love ye, and I ayewis will, whether ye've got a joab at the stupit caur factory or no?"

Da pit his airm aroond her and she cooried in, bringin her heid up tae meet his lips wi hers. The kiss cairried on and on for a wheen moments mair, as Chloe and Annabelle looked on wi a mixter-maxter o pride and embarrassment. Yer mither and faither kissin. Braw but at the same time, boak. Seein them winchin is even warse. Boak boak boakity boak.

"I *wid* go back tae bein in a rock band, but you pit ma guitar on the bonfire!" said Da wi a keckle.

"Dinnae!" said Maw. "I still feel sae bad aboot that. I fell for ye like a ton o bricks when I first saw ye on stage wi the band. Yon's why I mairried ye. But when the first album didnae sell I could see hoo upset ye were, and I couldnae bear it. I thocht I wis tryin tae help ye move on wi yer life, but noo I realise aw I did wis crush yer dreams. And that's why I dinnae want tae mak the same mistak twice."

She got up and sterted rakin in the bottom drawer o the sideboard whaur she kept her secret stash o Bendicks chocolate mints. "I am sae sorry I tore up yer story, Chloe." Maw poued oot the maths jotter belangin Chloe that she'd rived intae a thoosand wee bitties. She had painstakinly sellotaped the haill thing back thegither, and, her een sheenin yet wi tears, haundit it back tae Chloe. "Efter *Question Time* I had a lot o time tae think," she said. "I fished this oot o the bin and I read it tae the end, Chloe. It's jist brilliant."

Chloe taen the buik back wi a smile. "I promise tae dae better in ma maths lessons fae noo on, Maw."

"Thank you, Chloe. And I hae somethin for

ye tae, ma darlin," said Maw tae Da. Fae unner the tree she poued oot a bonnie wrapped giftie that wis exactly the same shape as an electric guitar.

25

Bleck Leather Mistletae

*"I've got some bleck leather mistletae this
Christmas,*

*I'm gonnae kiss ye and gie ye a bad shavin
rash . . ."*

Da had plugged his sheeny new electric guitar
intae its amp and wis struttin up and doon the
front room gallusly chantin yin o his auld band's
sangs. He wis clearly haein the time o his life. It
wis awmaist as if his perm had grown back in as
weel. Maw, Chloe, Annabelle and Mr Mingin sat
on the sofae and clapped alang. Even Elizabeth

and the Duchess were cooried in thegither noddin their heids in time wi the music. The heavy rock wisnae tae Mr Mingin's cup o tea, and tae deefen the noise he had sleekitly re-insertit his rabbit keech lug-plugs.

"*Aye hen, I'm gonnae eat aw yer mince
pies,
And gie ye a richt guid yuletide surprise . . . !*"

The sang endit wi a muckle flourish on Da's guitar, and his tottie stadium o fans cheered and clapped him excitedly.

"Thank you, Hampden. Thank you awfie muckle. That wis The Serpents o Deeth's Christmas singil, 'Bleck Leather Mistletae' which rocketit tae nummer 98 in the chairts. Noo for ma nixt sang . . ."

"I think that's enough heavy rock music jist noo, ma dear," said Maw, as if she micht awready be regrettin giein him the guitar. She turnt tae Chloe and said, "Ye dinnae want tae leave ony mair, dae ye?"

"Naw I dinnae, Maw. No in a million years. This is the best Christmas ever."

"Och, wunnerfu!" said Maw. "It's braw that we're aw thegither haein fun like this."

"But . . ." said Chloe. "There is yin thing I wid like."

"Name it," said Maw.

"I wid like Mr Mingin tae move in properly."

"Whit?" spiered Maw wi a pech.

"Yon's a guid idea," said Da. "We've aw loved haein ye aroond, Mr Mingin."

"Aye, ye feel pairt o the faimlie noo," said Annabelle.

"Weel, I suppose he could stey for a wee bit langer in the shed . . ." said Maw reluctantly.

"I didnae mean in the shed. I meant in oor hoose," said Chloe.

"Coorse he should," said Da.

"That wid be braw!" said Annabelle, delichted at the idea.

"Weel, eh, oh, um . . ." Maw looked mair and mair floostered. "I dae really appreciate whit Mr Mingin has done for us, but I'm no sure he wid feel at hame here. I cannae imagine he has ever steyed in a hoose as braw as this . . ."

"Actually, Mr Mingin used tae bide in a stately hame," correctit Chloe gleefully.

"Whit? As a servant?" said Maw.

"Naw, it wis *his* stately hame. Mr Mingin is really a lord."

"A lord? Is this true, Mr Mingin?"

"Aye, Mrs Pluuuuummmm."

"A poash tink! Weel, that chynges awthin!" annoonced Maw, beamin wi pride that she finally had somebody stately in the hoose. "Husband, tak the plastic covers aff the sofae. Annabelle, get oot the best cheenie! And if ye wid like tae use the doonstairs cludgie at ony time Lord Mingin, I hae the key richt here."

"Thank you, but I'm no needin tae go richt noo. Och, hing on a meenit . . ."

They aw looked at Mr Mingin expectantly. Chloe, Annabelle and Da were jist curious tae finally see whit the doonstairs cludgie actually looked like fae the inside, since nane o them had ever been allooed in.

"Naw . . . naw, false alairm."

Maw cairried on haiverin braithlessly. "And . . . and . . . and ye can hae oor bedroom, yer lordship! I can sleep on the sofae bed and ma husband wid be mair than happy tae flit in tae the shed.

"Whit the — ?" said Da.

"Please . . . please . . . please stey here wi us," interjectit Chloe.

Mr Mingin sat in silence for a meenit. The cup and saucer in his hauns sterted rattlin, then a wee tear formed in his ee. It traivelled slowly doon his cheek, makkin a lang streak o white on his clatty fizzog. The Duchess looked up at him and tenderly licked it aff her maister's coupon. Chloe's haun tiptaed its wey across the sofae tae comfort him.

He held it ticht. He held it sae ticht that she kent this wis fareweel.

"Sic undeemous kindness. Thank you. Thank you aw sae muckle. But I'm gonnae hae tae say naw."

"Stey wi us for Christmas Day and Boaxin Day at least," pleadit Annabelle. "Please . . .?" said Chloe.

"Thank you," said Mr Mingin. "But I hae tae refuse."

"But why?" demandit Chloe.

"Ma wark here is feenished. And I'm a stravaiger," said Mr Mingin. "It's time for me tae stravaig on."

"But we want ye tae be safe and warm wi us," said Chloe. Tears were rollin doon her cheeks noo. Annabelle dichted awa her sister's tears wi her sleeve.

"I am sorry, Miss Chloe. I hae tae go. Nae tears please. Nae fuss. Fareweel tae you aw and thank you for aw yer kindness." Mr Mingin pit doon his cup and saucer, and heided for the door. "Come oan, Duchess," he said. "It's time tae gang."

26

Wee Star

He walked aff intae the muinlicht. The muin wis fu and bricht that nicht, and it looked sae perjink that it couldnae be real. It wis as if it had been paintit, and hingit there on a heuk, it wis sae impossibly bonnie. There wisnae ony snaw, there never is at Christmas nooadays, except on the cairds. Insteid the streets were weet fae a stoarm, and the muin wis reflectit in hunners o wee dubs. Maist o the hooses were fantoosh wi Christmas decorations o yin sort or anither, wi the fairy lichts on Christmas trees glentin through the double-glazin. The decorations looked awmaist bonnie as weel, competin wi the stars and the muin in their ain dwaiblie wey. Aw ye could hear wis the rhythmic sclaff o Mr Mingin's sharnie shuin as he shauchled slowly alang the road, the leal Duchess follaein a pace ahint him, her heid boued.

Chloe watched him unseen fae an upstairs windae. Her haun touched the cauld gless, tryin tae rax oot tae him. She watched him disappear oot o sicht, afore slippin back tae her room.

Then, sittin there on her bed, she minded a reason tae see him yin last time.

"*Lily and the Flesh-Scrannin Zombie Dominies!*" she shouted, as she ran doon the street.

"Miss Chloe?" said Mr Mingin turnin aroond.

"I hae been thinkin and thinkin aboot Lily's saicont adventure. I wid love tae tell it tae ye noo!"

"Scrieve it doon for me, lass."

"Scrieve it doon?" spiered Chloe.

"Aye," said Mr Mingin. "Yin day I want tae walk intae a buikshoap and see your name on yin o the covers. You hae a talent for tellin stories, Chloe."

"*Dae* I?" Chloe had never felt she had a talent for onythin.

"Aye. Aw that time spent alane in yer room will pey aff yin day. You hae a byordinar imagination, young lady. A real gift. Ye should share it wi the warld."

"Thank you, Mr Mingin," said Chloe blately.

"I'm gled ye cam runnin efter me though," said Mr Mingin. "I jist minded I hae somethin for ye."

"For me?"

"Aye, I saved up aw ma loose chynge and

bocht ye a Christmas present. I think it's somethin raither special."

Mr Mingin raiked aboot in his poke and poued oot a package wrapped in broon paper and tied up wi string. He haundit it tae Chloe, wha unwrapped it aw excitit. Inside wis a Teenage Mutant Ninja Torties stationery set.

"It's yin o thae Teenybasher Mental Karate Tatties stationery sets. I thocht ye'd like it. Mr Raj telt me it wis the verra last yin he had in his shoap."

"Did he noo?" Chloe smiled. "This is the brawest giftie I've ever had." She wisnae leein. That Mr Mingin had saved up aw his bawbees tae buy her somethin meant the haill warld tae her. "I will treisure it ayewis, I promise."

"Thank you," Mr Mingin said.

"And you've jist gien ma haill faimlie the

brawest Christmas present ever. Ye brocht us thegither."

"Weel, I'm no sure I can tak aw the credit for that!" he smiled. "Noo, ye should really go hame noo, young Chloe. It's cauld, and it feels like it's gonnae rain."

"I dinnae like the thocht o ye sleepin ootside," she said. "Especially on a cauld dreich nicht like this."

Mr Mingin smiled. "I like bein ootside, ye ken. On oor waddin nicht, ma darlin Violet shawed me the brichtest star in the sky. Can ye see? That yin there?"

He pointit it oot. It skinkled brichtly like his een.

"I see it," said Chloe.

"Weel, that nicht we stood on the balcony o oor bedroom and she said she wid love me for as lang as that star kept sheenin. Sae ilka nicht, afore I go tae sleep, I like tae gaze up at that star and think aboot her, and the great love we shared. I see the star, and it's her I see."

"That is sae bonnie," said Chloe, tremmlin and tryin haurd no tae greet.

"Ma wife is aye wi me. Ilka nicht she meets me in ma dreams. Noo awa hame. And dinnae worry aboot me, Chloe. I hae the Duchess and ma star."

"But I'll miss ye," said Chloe.

Mr Mingin smiled, then pointit up at the sky. "Dae ye see Violet's star?" he spiered.

Chloe noddit.

"Dae ye see hoo there's anither wee star jist unner it?"

"Aye," said Chloe. Up in the nicht sky, Violet's star bleezed brichtly. Ablow it, a smawer star skinkled in the bleckness.

"Weel, you are an awfie special young lady,"

said Mr Mingin. "And when I keek up at *that* star I am gonnae think aboot you."

Chloe wis whummled wi emotion. "Thank you," she said. "And I'll keek up at it and think aboot you."

She gied him a muckle hug and didnae want tae let go. He stood still and held her for a meenit afore rockin a wee bit tae himsel tae set himsel free. "I hae tae gang noo. Ma sowel is restless and I need tae stravaig. Guidbye, Miss Chloe."

"Guidbye, Mr Mingin."

The stravaiger stravaiged aff doon the road as nicht paddit like a panther doon the sky. She watched him disappear oot o sicht, until aw that could be heard wis silence echoin aroond the streets.

Later that nicht, Chloe sat alane on her bed. Mr Mingin wis gane. Mibbe forever. But she could

aye smell him. She wid ayewis be able tae smell him.

She opened her maths jotter and sterted tae scrieve the first words o her new story.

Mr Mingin minged . . .

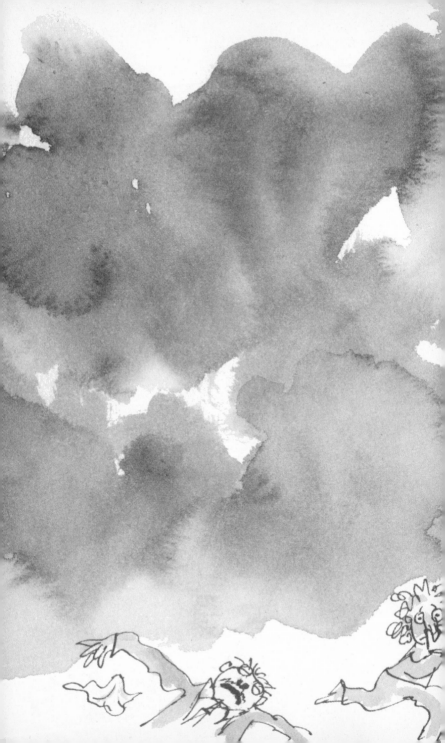

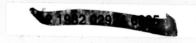

Thank yous:

Yince again Quentin Blake has honourt ma scrievin wi his heivenly illustrations, and tae him I am undeemously gratefu. I still cannae jist credit that I hae collaboratit wi him, as he is sic a legend. Ither folk that I wid like tae thank are Mario Santos and Ann-Janine Murtagh at HarperCollins for believin in me yince again. Nick Lake, ma editor, deserves a muckle thank you for makkin me wark sae haurd and takkin me oot for tea and cakes. The copy editor Alex Antscherl, cover designer James Annal and text designer Elorine Grant hae aw done mervellous joabs on this tae. Thank you as weel tae aw the folk at HarperCollins wha wark sae eidently tae promote and distribute the buik, particularly Sam White. Ma literary agent Paul Stevens at Independent is an awfie braw man tae, and dealt brilliantly wi aw the important contractual things that ma heid cannae process.

Finally I wid like as weel tae thank aw the folk that scrievit tae me tae say they enjoyed ma first buik, *The Laddie in the Gounie*, particularly the bairns. It is awfie touchin when somebody taks the time tae scrieve a letter, and it gied me muckle encouragement when warkin on *Mr Mingin*. I hope it doesnae scunner.